La soutenance

ANNE URBAIN

La soutenance

ÉDITIONS DE L'OLIVIER

ISBN 978.2.8236.1697.2

Le boulevard

Ou alors, y aller franco. Un bon octosyllabe, honnête, direct. *Je-ne-vais-pas-fi-nir-ma-thèse.*

Voilà.

Ou plus long ?

Ma-man (pause) *je-ne-vais-pas-fi-nir-ma-thèse.*

Non, trop théâtral, il risquait de se dégonfler, mieux valait tout sortir d'une traite. À qui d'autre pouvait-il s'adresser de toute façon ? Il n'y avait qu'eux deux dans la voiture.

Ou alors, quelque chose de plus contrit, de plus « accompagné », comme on disait au lycée, style main sur l'épaule ou pompes funèbres. *Ma-man* (pause) *tu-sais* (pause) *je-ne-vais-pas-fi-nir-ma-thèse.* Putain, c'était vraiment n'importe quoi, autant sortir la guitare et fredonner du Hugues Aufray. Si elle riait, c'était foutu.

D'ordinaire, Antoine ne prenait jamais le volant, il n'avait même pas de voiture, n'en avait jamais eu. Il détestait conduire et ça ne s'arrangeait pas avec le temps : les pédales, les vitesses, orchestrer le regard, la main, le pied, c'était trop lui demander. Ils auraient pu y aller en métro, ils auraient dû y aller en métro, c'était quasiment direct. Mais non, il avait insisté, comme un imbécile, comme s'il menait sa mère à l'autel ou à la maternité, précautionneux, chevaleresque même : attention fragile, laissez passer. « Tu ne vas pas te fatiguer », voilà ce qu'il avait dit. C'était absurde, la fatigue s'abattait juste après la séance, jamais avant, mais personne n'avait relevé : son père n'écoutait pas et sa mère, elle, avait hoché la tête. Oui, oui, ça lui convenait.

Antoine s'était persuadé que seul avec elle, enfermés entre les deux portières, il parlerait plus facilement. Plus d'excuses pour se raviser, plus de pirouettes, au pied du mur, mais maintenant qu'il était là, assis au volant, avec sa mère ceinturée à la place du mort, il sentait sa gorge se serrer. C'était même plus bas maintenant, à lui tordre le ventre, à s'agripper de l'intérieur.

Il n'avait qu'une vague idée de la route à suivre pour rejoindre la Seine, il avait dit qu'il connaissait « des petites rues », qu'il suffirait de vingt minutes pour rejoindre la Pitié-Salpêtrière, trente à tout casser. N'importe quoi. Mais, ni impatiente ni soupçonneuse, pas même intriguée, sa mère avait l'air de trouver la situation tout à fait normale : normal qu'ils se voient comme ça, un matin de semaine, normal qu'il joue les ambulanciers de fortune, qu'elle arrive en retard à l'hôpital, qu'il ne décroche pas un mot ou presque. Tout le reste, en revanche, paraissait la surprendre : les trottoirs, les enseignes, les cafés, les passants, et de faire des remarques, et de commenter, et de souligner, c'était sans fin : le monde en pâture, il avait l'habitude.

Il devait reconnaître que le monologue de sa mère l'arrangeait bien, il pouvait se contenter du minimum, de simples relances. Oui, il avait appelé les impôts de Vannes. Non, rien n'était encore réglé mais il rappellerait, et, oui, il se doutait qu'ils allaient fermer leurs bureaux durant l'été. Non, il n'avait pas de nouvelles de son frère, enfin pas de vraies nouvelles, rien d'étonnant. Non, les visas n'étaient pas obligatoires pour la Corée, oui, il était sûr, il avait vérifié. Sid avait même appelé le consulat. Facile, automatique, pas comme cette foutue voiture qui s'obstinait à caler à chaque ralentissement. La honte.

Gare du Nord, bientôt gare de l'Est. Attendre davantage ne ferait que compliquer les choses. À Jacques-Bonsergent, il parlerait. Voilà. La station de métro Jacques-Bonsergent, c'était parfait. De l'autre côté de la place, au bout du passage s'étranglant en un goulot crasseux, c'était son ancien appartement, la fraîcheur polie des tomettes sous ses pieds, l'été, quand il vivait fenêtres ouvertes, à fumer en préparant ses premiers cours. Il se sentait toujours chez lui dans ce quartier, il avait remonté ces rues des centaines de fois, tandis que, pour sa mère, elles ne signifiaient rien. Lui, il en connaissait le moindre détail : intacts dans sa mémoire le tracé du canal, l'arc des portes cochères, le dénivelé d'avant l'écluse. Il se souvenait du bistrot, là, à droite, il y avait fait la fermeture à l'époque, et plus d'une fois. Et la pharmacie, à l'angle de la place, et le kiosque, le couscous, le marchand de pipes, il avait vécu cette existence-là, il s'était coulé dans son épaisseur quotidienne, et c'était elle à présent, le souvenir qu'il avait d'elle, qui soutiendrait sa voix quand il se déciderait. *Je-ne-vais-pas-fi-nir-ma-thèse.* C'était pourtant si facile devant le miroir.

Feu rouge. Sa mère s'était tue. Une demi-heure qu'elle parlait en continu, qu'elle refaisait tout Paris, réinventait la gentrification, devisait sur les petits commerces, les vacataires, les migrants, les travaux de la rue La Fayette, et là, alors qu'il avait besoin de ce bain de langage, de cette parole, parce qu'il projetait justement de la couper, à ce moment précis, elle avait décidé de se taire. Tout semblait ridicule maintenant : ce silence plein d'attente pervertissait tout, il allait rendre la moindre phrase dramatique, grandiloquente. Un silence à suspense, aussi long que le plongeoir de cinq mètres, celui des grands et des rouleurs de mécaniques : un, deux, trois, et pieds dans le vide.

Merde, il n'avait pas besoin de ça : le trac, l'angoisse, et que sa mère transforme son propos en confidence, ou pire, en confession. C'était bien ce qu'elle faisait, là, cependant, lèvres closes et visage tourné vers le trottoir. Peut-être cherchait-elle à le faire parler ? Oui, c'est ça, elle l'avait deviné et elle voulait le pousser à parler. Ou alors éviter qu'il le fasse ? Elle savait qu'il savait qu'il ne parlerait pas si elle ne parlait plus. *Calme-toi, Antoine, tu délires.*

Feu vert. La place était derrière eux à présent.

D'un coup, sa mère se retourna, comme si elle avait oublié quelque chose ou aperçu une vieille connaissance.

– Tu habitais par là, non ? Avant Sid. Comment va-t-elle au fait ?

C'était reparti. Questions sans réponses, paroles, paroles, paroles, comme un manège digérant son jeton : les aides au logement, les étudiants, l'institutionnalisation de la précarité, le chauffe-eau de la rue Méliès… La chance d'Antoine était passée, Jacques Bonsergent n'avait pas ouvert sa gueule, lui non plus, c'était d'ailleurs pour ça qu'on l'avait fusillé.

Ils approchaient de République. Il fallait vraiment qu'il s'arrête, qu'il aille dans un café se vider le ventre. La rate au court-bouillon : c'est ce que Sid lui avait dit, qu'il ne fallait pas qu'il se mette la rate au court-bouillon. Un jour, il repenserait à cette journée et il trouverait ça drôle. Sa mère aussi, sans doute ; elle en ferait une anecdote, avec ses personnages et ses rebondissements, le boulevard qui n'en finissait pas, les manigances d'Antoine, ses airs de conspirateur, sa frayeur à elle, son soulagement devant l'aveu – Ce n'était que cela ? Elle avait imaginé bien pire. Tu parles…

– Tu vas être en retard, maman. Je te dépose au métro ?

Sa propre voix lui paraissait fausse, affectée. On aurait dit la fin d'un film avec Vincent Lindon : bagnole des années 1990, mine de chien battu et répliques « vraie vie », rien ne manquait. C'était sa faute aussi, il avait forcé sur les répétitions, tourné les mots dans tous les sens et perdu le peu de naturel qu'il s'était tué à composer. Les phrases qui sortaient de sa bouche lui semblaient étrangères, c'était comme écouter sa propre voix sur un magnétophone, ou prononcer des mots à l'infini, les rongeant jusqu'à l'os : *piano-panier-piano-panier*, pauvres dépouilles vides de sens.

– Si tu veux. Dépose-moi là, ce sera très bien.

Comme c'était facile, soudain. Sa mère ne posa pas de questions, elle rassembla ses affaires et rajusta sa veste, la main déjà sur la portière.

Et s'il descendait, lui aussi ? S'il lui payait un express, là, à l'Hippopotamus ? Elle s'assiérait sur la banquette, lui sur la chaise, ou mieux, tous les deux au comptoir, il lancerait *j'arrête*, elle demanderait *quoi*, il répondrait *la thèse*, elle dirait *d'accord*, le garçon proposerait un croissant, *oui pourquoi pas, deux croissants*, ils les mangeraient, un œil sur le bandeau de BFM TV. Il y avait bien des bancs de poissons qui dialoguaient en se touchant à peine, sans un mot, sans même un signe, pourquoi pas eux ?

Mais non, il fallait qu'elle se dépêche, ils avaient perdu assez de temps : elle avait beau assurer que ce n'était pas grave, qu'elle attendait des lustres à chaque fois, il se doutait que ce n'était pas vrai, elle n'allait pas chez le coiffeur tout de même. De toute façon, même ça, simplement demander « Tu veux prendre un café, vite fait ? », il n'y arriverait pas. C'était sa gorge, ça ne sortait pas.

Elle lui adressa un signe de la main. Voilà. Elle était partie, avalée par la bouche de métro.

M.E.R.D.

Le mois de juin s'achevait, et avec lui les oraux du bac. C'était la dernière fois qu'Antoine se rendait au lycée. De ce côté-là, il serait tranquille jusqu'à la prérentrée, le 31 août. Son directeur de thèse avait fixé la même date pour le rendu final, le dernier jour du mois d'août. Ça tombe bien, avait pensé Antoine lorsqu'il avait lu son mail. C'était idiot : il ne voyait plus du tout pourquoi « ça tombait bien », il n'y avait dans cette double échéance qu'une lente avancée vers le vide. Dans ce cas-là, effectivement, le tombé était parfait.

On lui avait demandé de rendre son badge et de vider son casier avant d'entamer sa dernière session d'oraux, aujourd'hui. Le bâtiment C vers lequel il se dirigeait n'existerait plus en septembre, ni la salle des profs, ni l'aile des labos : on installerait tout le monde dans des préfabriqués jusqu'à la fin des travaux. Le rectorat avait envoyé par mail une simulation de la rénovation, une sorte de clip en 3D, pour qu'on sache à quoi s'attendre. Ça s'appelait *Magritte 2020 : Ensemble, réussir demain*, avec musique électro et tour complet du propriétaire. De grands modules blancs s'y déclinaient à l'infini, espacés au hasard de la cour, comme une colonie géante de champignons poussés après la pluie.

Les concepteurs du clip avaient ajouté de grands arbres au fond pour créer du contraste, amener un peu de couleur – moyen ingénieux, surtout, de dissimuler les barres hideuses des Fraisles derrière une frénésie *green*, dans l'air du temps. Qu'on ait escamoté la cité n'avait choqué personne, en revanche, on avait tiqué sur les ifs. Antoine ne voyait pas très bien la différence avec de gros thuyas, mais l'équipe de SVT était montée au créneau : on les prenait vraiment pour des cons, des années qu'il n'y avait plus d'ifs dans le Nord parisien, et puis, ça n'était pas en deux mois que quoi que ce soit aurait le temps de pousser, sans parler du symbole, des vraies saloperies, les ifs, ultratoxiques, mortels même pour certaines espèces, et si la région avait assez de fric pour avoiner des graphistes qui se branlaient la nouille sur le dos de l'éducation prioritaire, elle devait bien pouvoir financer un troisième CPE à la rentrée. Quelqu'un avait écrit au feutre rouge *CECI N'EST PAS UN LYCÉE* sur l'immense affiche déroulée devant la loge, où la rangée d'arbres était flanquée d'un double trait, façon croix de Lorraine.

Les élèves, à qui Antoine avait montré la vidéo, s'étaient empressés de pointer la maladresse des mots : « Sérieux, monsieur ? Magritte, Ensemble, Réussir, Demain, ça fait *M.E.R.D.* C'est chaud, non ? » Ils avaient rigolé. Ils n'avaient pas remarqué, eux non plus, l'horizon dégagé, pas noté qu'on avait rasé leur cité pour nettoyer l'image, pour « angler le propos ». Tellement habitués aux filtres et aux retouches qu'ils ne voyaient plus rien.

Antoine écoutait la candidate en face de lui, une fille très mince aux cheveux noirs. Elle se débattait avec le texte : une sombre histoire de métaphores, d'huîtres laiteuses qui n'étaient pas vraiment des huîtres, de bouches charnues qu'elle ne repérait nulle part. C'était un passage de *Bel-Ami*. La dixième fois depuis le début des oraux. Qu'est-ce qu'ils avaient tous avec Maupassant ? La fille se tortillait, gênée, ne comprenant pas ce qu'elle disait. Elle aurait préféré être partout ailleurs que devant ce prof inconnu, à lui expliquer des trucs dégueulasses écrits par un cinglé du slip – *la lactation bivalve comme miroir des ambitions séminales du personnage* : elle n'avait pas creusé mais c'était marqué sur sa fiche et elle se doutait que c'était supra-gore.

Antoine faisait semblant de prendre des notes sur l'agenda du professeur qu'il achetait chaque année et qui finissait en trieur dès les vacances de la Toussaint. Tuer le temps avec elle. *Grand un, grand deux, grand trois.* Attendre la fin du chapelet appris la veille : le naturalisme, le carpe diem shakespearien – *the world is your oyster* (elle avait dit *holster*). Son prof s'était complètement lâché, probablement un normalien qui se désagrégeait dans l'antichambre du secondaire. Antoine se sentait vaguement responsable dans ces cas-là. Il mettait 11/20 à tous les bras cassés, jamais en dessous, c'était la bouée qu'il leur lançait, il fallait bien compenser le naufrage de l'écrit. Avec les copies, pas le choix, on devait jouer le jeu : ceux qui notaient trop large ou les fascistes de la stylistique qui ne dépassaient pas le 6/20 risquaient de se taper des doubles corrections, avec « concertation » et « rendez-vous bilan » à l'inspection.

Holster. Antoine fixait le mot sur son carnet. C'était toute la bibliothèque de son grand-père qui lui revenait soudain : flics pourris et durs à cuire, gueules cassées sorties des bouquins de Chandler, et de Hammett aussi, les paquets de Fleuve Noir, les seins des filles sur les jaquettes, énormes, juteux. Pourquoi ne faisait-on plus de livres comme ça ? Maupassant, par exemple, publié aux Presses du Grand Damier, ça aurait plus de gueule. Il s'imaginait un *Bel-Ami* bien baraqué, un titre style *Le Hussard du Sébasto* ou *Rififi chez les pépées*, avec huîtres charnues en couverture.

Il sentit la vibration de son téléphone. Il jeta un coup d'œil : des messages de son père apparaissaient, huit au total, huit petites bulles vertes éclatant l'une après l'autre sur l'écran. Il hésita, tous ces messages ne présageaient rien de bon. Ce mélange d'insistance et d'empressement annonçait d'habitude une crise carabinée : son père allait mieux de ce côté-là, mais on ne savait jamais, et ses tendances à l'automédication n'arrangeaient rien.

Ça va ?
Tu peux garder la voiture si tu veux
Jusqu'au 15 juillet. Contrôle technique le 16
La carte grise est dans la boîte à gens

à gants
Les papiers de l'assurance sont près du téléphone
Dans l'entrée
Double du bip au garage. Bisous.

– Putain de merde !

C'était parti d'un coup. Antoine avait crié. On le regardait, la candidate devant lui, les yeux et la bouche grands ouverts, et le type du fond, celui qui n'avait pas de stylo, déjà mort de rire.

– Ça va, monsieur ?

La fille avait les larmes aux yeux. Évidemment. Elle devait penser que c'était sa faute s'il avait hurlé, elle avait dû se tromper, dire n'importe quoi, comme d'habitude. C'étaient les huîtres, ça, c'était sûr. Et l'autre qui se bidonnait au dernier rang.

– Ça va, ça va. Excusez-moi… on continue. Vous, s'il vous plaît, oui, allez, on se concentre. Excusez-moi. Donc, les critiques adressées aux écrivains réalistes, c'était quoi, au fond, ces critiques ?

Il lui mettrait 14/20 pour la peine. Ça irait.

La voiture…

Il l'avait laissée à République.

Il se revoyait devant la bouche de métro, hagard, dégoûté. Il se rappelait avoir descendu les marches, suivi machinalement le flot de voyageurs : ligne 5, gare du Nord, ligne H, le chemin habituel du lycée. Il avait complètement oublié la voiture.

16 h 30. Ça faisait un peu plus de six heures. Impossible qu'elle soit encore là-bas, il s'était garé n'importe comment,

sans la fermer, à tous les coups, peut-être même avec la clé sur le contact. Il ne s'en souvenait plus. Est-ce qu'on l'avait volée ?

Il fouilla ses poches : pas de trousseau.

Une pause, vite. Il était incapable de se concentrer. Il sentait bien, aux regards qui s'attardaient sur lui, qu'on commençait à s'inquiéter. Il prétexta une urgence et s'isola, au calme, dans le dédale des couloirs vides.

Une demi-heure plus tard, le planning des derniers oraux était bousillé, mais Antoine savait à quoi s'en tenir : la voiture de ses parents s'était fait embarquer à la fourrière, il pouvait la récupérer aujourd'hui même s'il voulait, le dépôt de Pantin fermait à 18 heures. Trop tard pour qu'il arrive à temps, il irait le lendemain, l'opératrice lui avait dit : « C'est vous qui voyez, monsieur », avec une indifférence totale. Tout ce qu'il lui fallait, c'était sa carte d'identité et un moyen de paiement. La bonne nouvelle, c'était qu'il n'avait pas besoin de prévenir ses parents, son nom était le même que sur la carte grise. La mauvaise, c'était que toutes ses conneries allaient lui coûter quatre cents euros. Et qu'il allait devoir en parler à Sid.

Le problème

– Non.

Sid replia le journal qu'elle faisait semblant de lire et fit signe au serveur pour un deuxième café. Tôt, ce matin, Antoine était allé l'accueillir à la gare, elle revenait de trois jours à Reims, ou à Strasbourg peut-être, il n'avait pas suivi.

– Ma paye du bac tombe début juillet, Sid ! C'est l'affaire d'une semaine, dix jours dans le pire des cas. Je te rembourse sur ta part du loyer, si tu veux.

– Non. Ce n'est pas le problème, et tu le sais. Emprunte l'argent à tes parents : c'est leur voiture, non ?

Elle accrocha son regard, c'était lui qui regardait ailleurs maintenant. Il savait qu'il devrait s'arrêter là, régler les cafés, battre en retraite, lui dire de laisser tomber, demander comment s'était passé son atelier et s'excuser, surtout, d'avoir fait le mort pendant vingt-quatre heures. Au lieu de cela, il se racla la gorge. Quel était le problème alors ? Parce que lui ne voyait pas, et puis, comme elle avait l'air de tout savoir, autant l'éclairer (ça, il l'avait gardé pour lui, mais c'était ce que suggérait sans équivoque le petit sucre qu'il s'acharnait à massacrer).

– Le problème ? Je ne sais pas, moi. Attends… Que tu n'as pas donné de nouvelles depuis dimanche, à part des smileys ridicules dont je me contrefous ? Tu as quinze ans, ou quoi ? Des mickeys avec des têtes qui explosent et qui tirent la langue ? Des jours à me parler de ton plan imparable, le trajet jusqu'à l'hôpital, le tête-à-tête décisif, des semaines à te prendre la tête, à me dire que ton choix est fait, que tu ne veux plus la soutenir, cette thèse, qu'il faut juste trouver le bon moment pour l'annoncer : OK, pourquoi pas… Mais épargne-moi tes messages à la con ! Ça fait trois ans qu'on est ensemble : ça va, tu peux décrocher ton téléphone et me parler. Mais, ça aussi, c'est un problème, visiblement. Ah, non, j'oubliais, excuse-moi : il n'y a pas de problème. Se mettre dans des états de fou, planter une voiture en plein Paris, décaler des oraux du bac : non, non, aucun problème ! Sérieux ?

Elle s'exprimait comme ses élèves. Antoine aimait ça d'habitude, son côté Audiard mal dégrossi. Mais là, ça l'insupportait. Sid enchaîna :

– Tu as pu lui parler un peu, au moins, à ta mère ?

– Non…

Elle se tut. C'était sidérant, cette façon qu'elle avait de partir dans les tours, ce goût de la mêlée et ce besoin de cris, et puis, d'un coup, tout s'effondrait. Quand elle se rendait compte qu'il était mal, vraiment mal, c'était magique, instantané : elle s'arrêtait, et elle écoutait. Mais Antoine n'avait aucune envie de s'expliquer. Pas tout de suite. Il voulait d'abord que les choses rentrent dans l'ordre : récupérer la voiture, la rendre à ses parents. Ensuite, peut-être...

– Elle angoissait pour l'hôpital. Je n'avais pas envie d'en rajouter.

N'importe quoi.

Sid remuait le fond de son café.

– Ça n'a rien à voir, tu sais. Ça aurait pu lui faire du bien, justement, la faire penser à autre chose, à toi. C'est dingue, tout de même, « en rajouter », tu te rends compte de ce que tu dis ? Tu ne lui annonces pas que tu t'es fait virer ! Tu ne peux pas te faire virer, d'ailleurs !

Elle avait raison. Il avait honte de mentir comme ça à sa mère ; honte aussi de s'apercevoir que pas une seule fois, dans la voiture, il ne lui avait demandé comment elle se sentait. Elle lui disait toujours qu'il ne fallait pas s'en faire, mais il se doutait bien qu'une récidive, ça ne sentait pas très bon. Elle n'en parlait pas, elle ne le cachait pas non plus, elle les tenait au courant. Factuelle. Mesurée. Bien le seul domaine où elle l'était.

– Tu es conscient que ça va être de plus en plus compliqué ? Que ça ne peut pas durer ? Il faudra bien lui dire à un moment, tu ne vas pas continuer à faire semblant, non plus. Remarque, il y en a qui s'enferment là-dedans, ils se taisent, se taisent, et à force, quand ils sont à bout...

– Et quoi ? Je descends tout le monde à la carabine, genre bouquet final ? Sans déconner, Sid.

– Rigole. Celui qui avait massacré tout le monde, tu sais, dans ce roman. Tu te rappelles ? Le père de famille, le médecin, tu te souviens ? Ça avait commencé comme ça, exactement comme ça : bêtement, juste en faisant croire qu'il avait eu son concours et hop, grosse fête, félicitations, la grand-mère qui appelle, les parents tout contents, et puis ça a dégénéré.

– C'est vraiment arrivé.

– Quoi ?

– Le roman. Avant d'être un livre, c'est vraiment arrivé.

– Ah, tu vois !

Antoine ne voyait pas, non. Mais il était soulagé que l'atmosphère se détende, avec cette outrance faussement idiote, ce décalage qui était la marque de fabrique de Sid. Ça ne changeait rien à l'histoire, pourtant : elle ne lui avancerait pas les quatre cents euros de la fourrière, c'était plié, elle ne reviendrait pas là-dessus et il n'était pas dans son intérêt d'insister, pas pour l'instant. Il devrait attendre sa prochaine paye et dire à son père qu'il comptait garder la voiture quelques jours. Il avait jusqu'au 15 juillet : deux grosses semaines.

Sid se leva. Elle donnait des cours dans le Marais, le mardi, dans une salle au fond d'une petite cour, derrière la place Sainte-Catherine. Pas le temps de repasser par l'appartement. Elle avala la fin de son café et embrassa Antoine de son odeur chaude et unique de tabac brioché. Il la regarda traverser le hall de la gare, ses cuisses sublimes et puissantes, son dos moulé sous un de ses improbables tee-shirts à message (*Can't Stop Won't Stop*), une cigarette entre les doigts, déjà.

Il était à peine neuf heures. Antoine était officiellement en vacances.

Retour aux sources

Les plans d'Antoine tombaient à l'eau : sans la carte bancaire de Sid, il n'avait plus aucune raison de se rendre à Pantin. Il appela la fourrière, sans succès, puis se demanda comment occuper sa journée. Le dernier cours de Sid se terminait à dix-sept heures, il passerait la prendre pour l'emmener dîner quelque part, en terrasse peut-être, rue Rambuteau. Ils pourraient rentrer à pied, laisser le vin finir sa course en remontant la butte jusqu'à Montmartre, sans éclats, sans même parler. Une banale soirée de début d'été, décousue et légère, voilà ce dont il avait envie. Mais d'ici là ? Il regarda les films à l'affiche. Pas grand-chose apparemment, il verrait bien sur place.

L'esplanade du multiplexe était déserte. Les premières séances ne débutaient qu'à onze heures, mais la grande librairie à l'intérieur était ouverte, et au café, les tables étaient sorties. Les résumés achevèrent de le déprimer : une comédie sans intérêt, un drame italien à l'affiche lourdingue et une coproduction coréenne avec soldats mitraillés dans la zone neutre par une intelligence artificielle.

Il se mit à parcourir, les yeux fermés, les planches interminables frappées par le soleil. Aucun obstacle, juste l'immense parquet gris clair déployé sur des centaines de mètres entre les quatre tours géantes. Personne contre qui se cogner, aucun banc, pas même un papier gras, rien qu'une surface immaculée où tout ce qui chutait était en quelques secondes balayé par le vent ou happé dans les fines rigoles entre les lattes. Il n'irait pas voir le polar coréen, ni aucun autre film, il n'irait pas non plus s'attabler à la terrasse du coffee shop aux chaises design, ni dépenser l'argent qu'il n'avait pas en livres qu'il ne lirait pas ou qu'il abandonnerait au bout de quelques pages. Il n'avait rien à faire là, ou plutôt si, au contraire, il avait trop à faire : le choix du quartier n'avait rien d'anodin, et s'il le découvrait un peu tard, trop tard, il savait très bien pourquoi ses pas, puis le métro, l'avaient conduit au bord de l'esplanade. Comme ce poids sur ses épaules, cette tension familière de la nuque sous ce sac dont il n'avait pas besoin, mais qu'il avait attrapé, comme ça, avant d'aller cueillir Sid à la gare. Bouquins, papiers, ordinateur, clé USB : équipé, paré, peut-être qu'on attendait des heures à Pantin, comment savoir ? C'était sa première fourrière après tout, alors oui, mieux valait anticiper, prendre de quoi s'occuper. Quelle blague…

Bien planquée cent pieds sous terre, juste à côté des cinémas, la Bibliothèque nationale de France venait, comme une arche à l'envers, lécher la surface de la ville. Huit mois par an, c'était Omaha Beach : un souffle glacé ravageait l'esplanade, et les lecteurs – c'est ainsi qu'on appelait les visiteurs – rejoignaient l'entrée à la hâte, en maigres cohortes ou, plus souvent, seuls, l'ordinateur en bandoulière, décidés à en découdre ou abattus, déjà, à l'idée de disparaître pendant dix heures sous une dalle de béton. C'était un tableau effroyable, mais on ne le voyait pas généralement, trop occupé qu'on était à serrer les dents, à rétracter le moindre centimètre de peau exposé aux morsures du vent.

Ce jour-là, pourtant, rien n'était plus agréable que de marcher là, les yeux fermés, à tâtons, seulement soutenu par le soleil. Antoine ne marchait pas, il le savait : il rôdait. On était au-delà de l'automatisme, c'était une addiction pure et dure, et tandis que sa trajectoire déviait insensiblement, sans vraiment se l'avouer mais déjà résigné, en direction de l'entrée sud, il se faisait l'effet d'un zombie cognant contre la vitre, dans une obstination stupide, apathique, bloqué sur la même fréquence et incapable d'en bouger. C'était ce qu'il était, au fond. Un revenant. Il n'avait pas osé parler à sa mère : il expierait.

Rien n'avait changé. Évidemment. Il avait beau dramatiser et se repasser, une fois de plus, le film de sa propre existence, sa dernière visite ici n'était pas si ancienne : six, neuf mois tout au plus, une poussière à l'échelle de la Bibliothèque. Le site était conçu précisément pour demeurer hermétique et égal, à l'abri du dehors comme du dedans. Un corps embaumé dans un sarcophage clos. Le feu, les vols, la moisissure, les crues de la Seine, les rongeurs, les blattes, tout était anticipé et contrôlé par des *process* homologués et des bibliothécaires disciplinés.

Antoine n'aimait pas les bibliothécaires, comme il n'aimait pas les médecins, les agents immobiliers, les banquiers, les éditeurs et tous les gens qui travaillaient à la MGEN. Sans doute aussi, les notaires, mais, il avait cette chance, il n'en connaissait pas. Le problème, avec les bibliothécaires, c'étaient leurs yeux, ce rappel à l'ordre discret mais implacable qu'ils parvenaient à glisser dans un seul regard et qui, d'un coup, semait le doute, la gêne, la honte : on chuchotait trop fort, on restait trop tard, on sortait trop souvent, on empruntait trop, ou pas assez, ou pas dans le bon ordre, tout à la fois ou rien de tout cela, enfin, il y avait toujours quelque chose. À force de silence – l'alpha et l'oméga de l'espèce –, ils avaient dû muter, développer dans leur milieu stœchiométrique un scintillement particulier de la rétine, une puissance qui envoyait comme de sourdes rafales optiques. D'aussi loin qu'il s'en souvienne, du bibliobus à la bibliothèque universitaire, des bibliothèques de vacances au CDI de son collège, Antoine avait toujours ressenti une peur quasi panique des bibliothécaires. Et, oui, il le reconnaissait volontiers, sa thèse en histoire du livre relevait, à ce titre, d'une certaine forme de masochisme.

La salle T

Tout était simple et fluide, ce jour-là. Personne au vestiaire, pas besoin de faire la queue pour récupérer la mallette transparente et franchir les premiers tourniquets. La même pression au moment de forcer les lourdes portes, le même vertige devant le double escalator, la même moquette duveteuse : c'était un peu comme recoucher avec une ex, sans surprise et pas désagréable.

Havre de bois et de velours, la salle T résistait au cauchemar survivaliste de verre bétonné. Antoine l'avait su dès le début, elle lui était destinée. Son nom potache, déjà, l'arrachait aux profondeurs désincarnées de ce qu'on appelait, avec un pragmatisme snob, le « rez-de-jardin ». C'était l'endroit le plus clair de la Bibliothèque et, à la différence des autres salles, aucun panneau, aucun rayonnage ne venait obstruer la lumière du jardin jurassique où poussaient, en touffes géantes, les fougères aigles et les vergerettes du Canada.

Située au point médian du bâtiment, loin des machines à café, à quelques pas seulement de la reprographie et juste en dessous des livres rares, elle était faite pour Antoine : c'était dans son giron rassurant qu'il avait, lentement et méticuleusement, bâti sa termitière de troisième cycle. Et lorsqu'il lui avait fallu, après des années de recherche, mettre sa thèse en ordre, donner corps et forme à la masse colossale d'informations sédimentées dans deux ordinateurs, cinq clés USB et le double de carnets bourrés de feuilles volantes, il avait bien sûr réservé une place dans la salle T. Ce jour-là, pour la première fois, il n'avait commandé aucun document : il était venu à sec, décidé à pousser les portes de l'arène et à se confronter, enfin, au grand œuvre qui l'attendait.

Il faut passer à la rédaction, maintenant : depuis qu'il le connaissait, son directeur de thèse avait dû prononcer cette phrase une demi-douzaine de fois. C'était sa raison d'être après tout, son rôle, son office. Il le faisait d'ailleurs très bien, toujours encourageant, enthousiaste Yoda à la badine bienveillante. Au bout de cinq ans, cependant, l'incantation favorite s'était chargée d'inquiétude et un sourcil préoccupé était apparu, légèrement menaçant même (supposition balayée par Sid : « Qu'est-ce que tu veux que ça lui foute ? S'ils te payaient ou si tu bénéficiais d'une bourse, pourquoi pas. Mais là, franchement… »). Antoine avait compris que le temps était venu de montrer patte blanche et de sacrifier quelques A4 sonnantes et trébuchantes à la cause universitaire.

Bien que prévisible, la suite avait été catastrophique. Le jour où il s'était décidé à *passer à la rédaction*, au bout d'une heure à se démolir les yeux sur la page vide d'un document sobrement intitulé « Thèse.I.1.1.1.A. », il avait commandé huit livres, deux microfilms et la série complète 1946/49 des débats du Conseil de la République. Pour vérifier…

Après dix heures de chaise, il n'avait pas écrit une ligne mais créé six nouveaux documents et réservé quinze ouvrages pour le lendemain. Il fallait se rendre à l'évidence : la salle T s'était retournée contre lui, déesse protectrice muée en tentatrice vicieuse et redoutable. Sa petite carte rouge à la main, incapable de s'arrêter de commander encore et encore, Antoine s'était fait l'effet d'un boulimique à la sortie d'un Carrefour Express : euphorique et dégoûté.

La grâce

Antoine aurait pu continuer à se rendre tous les jours à la Bibliothèque pour chercher encore, creuser toujours, contrôler ses sources, étoffer ses exemples, aiguiser ses analyses. Il ne demandait que ça. Il avait consacré un sixième de sa vie à ses recherches, c'était plus que tout ce qu'il avait jamais entrepris, plus que ses années de piano, plus que son abonnement au *Monde*, plus que son poste au lycée, plus que son histoire avec Sid. Mais, il le savait, c'était sans espoir de retour : s'il ne se décidait pas à la rédiger, sa thèse finirait, comme tant d'autres, au rayon des chefs-d'œuvre inconnus.

Il savait qu'il ne devait sous aucun prétexte retourner à la Bibliothèque nationale. Sa relation à la salle T était devenue toxique, morbide, avec sa tentation permanente, juste là, derrière le grand comptoir : il suffisait d'un clic et, trente minutes plus tard, monsieur était servi. Aucune remarque sur ce qu'il empruntait, pas un regard sur la dose de microfiches qu'il s'envoyait, rien, rien que le visage de pierre des bibliothécaires, lui garantissant un plongeon impeccable, une dilution complète dans les arcanes de la Très Grande Recherche. Il s'était donc retrouvé à la rue, mollusque éjecté de sa coquille, incapable de travailler sur sa thèse au lycée et encore moins d'en écrire une ligne entre les murs de son appartement. Jusqu'à ce que la Providence, en l'occurrence Sid, lui fasse, un jour d'octobre, franchir la porte d'un Costa Café.

C'était neuf mois plus tôt, vers la fin des vacances de la Toussaint. Après sa première tentative de rédaction, immédiatement avortée, il n'avait pas risqué de nouvel essai. Il avait pourtant promis à son directeur « une première sous-partie pour la mi-novembre », mais s'efforçait d'y penser le moins possible, s'abrutissant comme il pouvait avec ses cours de lycée et s'accrochant à l'emploi du temps de Sid et aux promesses de sa sueur quand ils se retrouvaient. Elle était en retard, ce jeudi-là. Il ne parvenait pas à la joindre, elle était probablement dans le métro ou Dieu savait où. Entre ses ateliers et les cours qu'elle donnait aux quatre coins de Paris. Une mauvaise pluie s'annonçait, le vent s'était levé et Antoine serrait les dents. Il en voulait à Sid, à ce mois d'octobre qui n'en finissait pas, à ce quartier qui s'était résigné à l'air du temps, avec ses bars-tabacs retapés à la mode scandinave et ses lentilles vendues en vrac. C'était presque de rage qu'il s'était réfugié rue de Provence à l'intérieur de ce Costa Café qui, il l'ignorait alors, allait changer sa destinée.

Tout s'était enchaîné : l'arrivée échevelée de Sid, sa mauvaise foi, leur dispute, son départ à elle, ses remords à lui, le vide abyssal et le réconfort, malgré tout, du *coco latte* fumant, sur la table en bois clair. Avant même d'avoir compris ce qui se passait, il avait, dans le petit recoin de ce café qu'il ne connaissait pas, branché son ordinateur, déployé l'écran et s'était mis au travail. Déclic, électrochoc, prise de conscience, le mot importait peu, Antoine, lui, y avait vu une grâce, l'alignement d'une bruine glaciale, de sa rancœur et des effluves de noix de coco.

De ce jour, la machine était lancée. Loin de la salle T, blotti dans l'angle le plus étroit de ce Costa Café, protégé des tentations de la 4G qui ne franchissait pas le double vitrage, il s'était, pour la première fois, risqué à écrire quelques lignes, bientôt devenues paragraphes, sections, chapitres. Et au terme d'un temps infini de douleurs répétées mais rendues supportables et comme pansées par l'anonymat irréprochable des lieux et leur fadeur monacale, il avait enfin, un matin de décembre, envoyé les pages promises.

Que ces pages aient immédiatement été validées, complimentées, encensées même, n'avait pourtant rien changé à la souffrance quotidienne d'Antoine (le miracle libéral autorisait l'ouverture du Costa 365 jours par an) : de la première à la dernière ligne, il n'avait jamais écrit qu'avec dégoût, arrachant chaque phrase à la nausée qui le prenait dès que surgissait sur son écran la barre avide réclamant son mot de passe. Mais il avait avancé, pouce après pouce. À l'arraché.

À la fin de l'hiver, il avait rédigé la moitié de sa thèse. Les vacances de Pâques, ensuite, avaient été glorieuses : quinze jours d'une discipline de fer, de l'ouverture à la fermeture du Costa Café, toujours le même, tâcheron appliqué, aux pauses réglées à la minute près. L'environnement désormais lui était familier, il se sentait chez lui, doyen de l'enseigne : les *baristas* de l'automne avaient cédé leur place à d'autres, au sourire tout aussi engageant, qui, à leur tour, s'envoleraient vers leurs partiels de sciences humaines ou au Starbucks du boulevard des Italiens qui payait un peu plus. Cette douce oscillation, si prévisible, du passager à l'immuable, cette permanence de ce qu'il fallait bien appeler *l'esprit Costa* par-delà les vicissitudes et les saisons, ce présent renouvelé, ni tout à fait le même, ni tout à fait un autre, avaient rendu l'impossible possible : aux premiers jours d'avril, après deux semaines de travail obstiné et l'épuisement de la carte des boissons chaudes et sandwichs à griller, Antoine avait rédigé 489 pages et 1 857 notes. Il avait fait le plus gros.

Le mauvais cheval

L'embellie n'avait pas duré. Antoine se souvenait parfaitement du jour où la machine s'était grippée, c'était un vendredi matin, sans doute un des plus beaux du printemps, à la mi-avril. Il se faisait face dans sa minuscule salle de bains, il n'était pas très tard, huit ou neuf heures peut-être. Il y avait dans l'air une légèreté de fin d'année, cette impression d'arriver enfin au bout du tunnel, de sortir du terrier. Il revoyait Sid qui lui tournait le dos, assise à la table du petit-déjeuner, son reflet tout au fond du miroir.

La petite radio Aérospatiale grésillait comme d'habitude sur l'étagère. Elle avait longtemps trôné au milieu du double lavabo d'un grand-oncle militaire qu'on supposait espion ou éminence grise de l'armement français, et dont l'appartement regorgeait d'objets siglés, de missiles numérotés et d'avions supersoniques. La plupart, si l'on regardait bien, étaient personnalisés, frappés des initiales A.T. et du logo de l'entreprise : le chic en majuscules. Antoine avait hérité de tout un attirail qu'il conservait religieusement : taille-crayon électrique, peignoir deux fois trop large, service à porto, sèche-cheveux (avec lequel Sid avait failli se tuer deux ans plus tôt) et radio de poche, rafistolée dix fois et qui, branchée dès le matin, enveloppait sa toilette d'une nostalgie douillette, du temps où ses parents le recoiffaient dans l'ascenseur avant d'arriver chez sa grand-tante aux mille bagues et aux festins incroyables.

Antoine n'avait pas compris tout de suite de quoi il retournait. Il n'écoutait pas vraiment, la radio était surtout un bruit de fond, un ronronnement réflexe, en particulier dans la salle de bains où le son était mauvais et où des tâches pénibles l'obligeaient à se concentrer.

Sid avait secoué la mécanique de ses gestes engourdis.

– C'est dingue, tout de même !

– Quoi ?

– Qu'ils ferment comme ça, sans préavis. Ils se réveillent un matin et, hop, surprise, on s'en va ! Salut, les gars ! Des trucs pareils, ils ont largement le temps de les prévoir, non ? C'est hallucinant…

– De quoi tu parles, Sid ?

Mais il avait déjà deviné, son ventre aussi, qui commençait à se tordre comme on essore un linge mouillé, et sa gorge, où ne passait plus qu'un filet d'air. L'attention d'Antoine s'était tendue vers le poste. Une femme protestait, elle ne comprenait pas, le monde à l'envers, franchement ! D'autant que les chiffres étaient bons, c'était une enseigne solide, rentable, quoi ! Et voilà, on les prévenait en dernier, ils n'avaient qu'à chercher ailleurs, la direction parlait de reclassements mais bon, on savait ce que ça signifiait, hein, et elle et ses collègues, ils voulaient juste continuer à travailler là, ça éviterait les complications pour tout le monde, non ? La journaliste avait conclu, avec une commisération vaguement ironique, sur « le dialogue auquel la direction de Costa France se déclarait ouverte, dans l'attente de solutions adaptées et pérennes ».

Antoine avait saisi son téléphone et tapé fébrilement « Fermeture/Costa », découvrant, épouvanté, le nombre d'articles, photos et vidéos sur le sujet. Il avait compulsé l'ensemble sans y croire d'abord, ne sentant rien encore qu'une sidération dont il voyait se dessiner les contours dans la glace. Derrière lui, le monde poursuivait sa course : Sid terminait son bol de céréales, l'odeur tranquille du café se répandait dans l'appartement et, bientôt, on entendrait le camion poubelle freiner en bas et le fracas des bouteilles déversées dans la benne. Tout était à sa place, comme figé. Sa main s'était arrêtée sur sa joue gonflée de mousse bleutée. Tout était là, le tube de dentifrice, la collection de sables, le flacon poussiéreux d'Habit Rouge et la petite radio qui persévérait, crachotant la condamnation de Lula et l'audition de Zuckerberg devant le Congrès américain. Et tout avait foutu le camp.

Il s'était rendu au lycée sans dire un mot à Sid. Qu'aurait-il dit ? Bien sûr qu'il mesurait le ridicule de sa panique et sa disproportion. C'était idiot, si quelqu'un pouvait entendre ce genre de choses, c'était bien Sid, elle et elle seule.

Incapable de se concentrer sur ses cours, il ne s'était même pas caché pour consulter les dépêches, toujours les mêmes, sur l'écran de son téléphone. La nouvelle était dépassée, recouverte par d'autres déjà, plus fraîches, plus dramatiques. Au milieu de l'après-midi, il avait épuisé tous les articles sur le sujet, il avait même souscrit à l'offre *Figaro Premium*, ça ou autre chose, il y avait longtemps qu'il avait franchi les limites du pathétique. Il disposait désormais d'un tableau assez complet de la situation : les Français n'avaient pas accroché au café aux options infinies vendu par demi-litre au double du prix habituel, ils s'étaient stupidement laissé séduire par la concurrence ou cramponnés à leur petit noir au comptoir. La manne espérée n'avait pas jailli et, résultat, Costa reprenait l'Eurostar, abandonnant la France à son snobisme et à sa mesquinerie.

Il y avait eu, évidemment, comme toujours, un sursaut d'espoir. Vers dix-huit heures, quittant la gare du Nord, Antoine avait appris que trois des enseignes allaient être maintenues. Son cœur s'était serré à la lecture du court article du *Parisien*. La blague… Le Costa de la station-service de Blois-Ménars, celui de l'aire de Brou-Dampierre et celui de l'aéroport Charles-de-Gaulle.

Il n'avait jamais eu le cœur de retourner rue de Provence. À quoi bon : à part dans les chansons de Joe Dassin, personne ne se livrait à ce genre de pèlerinage. Il savait bien ce qui allait se passer, il l'avait senti dès l'annonce à la radio, face au miroir. Son équilibre depuis des mois n'avait tenu qu'à un fil, tendu entre psychose et abattement, dernière chance localisée sur un point précis de la planète, irremplaçable parce que parfait, parfait parce que irremplaçable : son Costa. Il était incapable de l'expliquer, tout au plus pouvait-il égrener des motifs éclatés qui, placés bout à bout, formaient une fiction dans laquelle il avait accepté de se glisser : les arabesques des cappuccinos mousseux, les touristes asiatiques, les bananes mûres comme il les aimait, le ballet poli de la porte des toilettes, la prise électrique calée sous sa cuisse gauche et le cuir brunâtre de la banquette, innombrables béquilles à sa volonté infirme, à son désir défaillant, désormais rendues au néant d'une fromagerie artisanale ou d'un marchand de granola. Autant se rendre à l'évidence, il avait parié sur le mauvais cheval. Il était fini.

La corbeille

Presque trois mois avaient passé depuis cette funeste matinée d'avril. L'été venait à peine de s'installer et une lumière aveuglante matraquait le rez-de-jardin, plus crue encore que celle baignant l'esplanade des cinémas.

Bien à l'abri dans la salle T, Antoine alluma son ordinateur, la poitrine serrée. Il repensait au fiasco de la voiture, la veille. Trois fois. En un mois, il avait essayé trois fois de parler à sa mère et toutes ses tentatives avaient échoué pitoyablement. La première ne comptait pas vraiment, il s'était contenté de se planter à côté d'elle, à moitié ivre, au milieu de la cuisine, tétanisé par les fractions de silence entre les cliquetis des couverts cognant sur la faïence. C'était le soir de ses soixante ans, quelques semaines plus tôt.

Pour rattraper le coup, il avait voulu manigancer une occasion spéciale, une sortie, quelque chose que son père déclinerait immédiatement et qui leur ferait plaisir à sa mère et lui.

Il avait choisi l'Opéra. Le théâtre, ils y allaient souvent et, sur un malentendu, son père risquait de s'inviter. Non, l'Opéra était parfait, cadeau d'anniversaire évident et contexte idéal. Le deuxième entracte lui ménagerait une seconde chance s'il flanchait au premier : le champagne, la foule, le bruit, le mouvement, tout sauf le gouffre de l'évier de la cuisine et leur silence en partage.

Il n'y avait que *La Traviata* cette semaine-là. Antoine était déçu, il avait rêvé d'aventure, de souffle, d'énergie, il s'était vu à la barre du vaisseau fantôme ou en libertin déchaîné, mais bon, il n'avait pas vraiment eu le choix, c'était ça ou un ballet de bergers révolutionnaires à l'Opéra Garnier. « Pas malin », lui avait soufflé Sid un peu plus tard. Oui, pas malin – euphémisme rare chez Sid, c'est dire s'il avait merdé – d'aller assister durant trois heures aux râles d'une condamnée, qui finissait par crever quand tout le monde rigolait. Tout entier à son obsession, Antoine n'avait réalisé qu'au lever du rideau l'indélicatesse de la situation. Ils avaient donné le change à chaque entracte, sa mère évitant de parler du spectacle, et lui remisant sa déclaration à plus tard. Ils avaient bien ri finalement, en commentant, au bar, l'accoutrement des uns, la conversation des autres, à recréer, réplique après réplique, un monde où les mères n'étaient pas malades et où les fils allaient au bout de leur thèse. Ils se valaient parfaitement à ce jeu-là.

L'échouage de la Fiat sur les rivages de la République avait parachevé ce monument d'erreur et de lâcheté qu'avait été le mois de juin d'Antoine. Il lui fallait tirer la conclusion de cette série de ratages : il ne parlerait pas à sa mère. Il n'oserait jamais. Ce n'était pas sa thèse qu'il refusait de soutenir, c'était son regard à elle, ses questions, sa déception aussi. Mentir plus longtemps n'avait aucun sens, Sid avait raison : il n'allait pas mener une double vie pathétique jusqu'à se retrouver au pied du mur. Il fallait donc qu'il l'achève, cette putain de thèse. CQFD.

489 pages. Il en était là. Il manquait toute la dernière partie, qui ne devait pas non plus paraître indigente ni bâclée. On ne pouvait pas raisonnablement espérer faire moins de 600 pages, et là déjà, le jury tiquerait, mais Antoine s'en foutait, il remonterait les notes dans le corps du texte, ça et bourrer un peu les citations, il arriverait bien à 650 pages, plus la bibliographie, 700. Honnête.

Le calcul fut vite fait : 66 jours le séparaient du 31 août, 66 jours pour 160 pages, soit 2,5 pages par jour en moyenne. S'il venait à la Bibliothèque tous les matins, disons cinq heures d'affilée, avec l'objectif d'une page toutes les deux heures, c'était faisable. Atroce, mais faisable. S'il était capable d'écrire dans la salle T, sans faillir, sans commander n'importe quoi, sans vérifier trois fois ses propres vérifications, s'il tenait la cadence, il finirait.

Antoine chercha dans sa boîte mail le courrier qu'il avait préparé et qui, depuis des semaines, patientait dans ses brouillons. Il avait hésité sur l'objet : « Décision personnelle » ? « Interruption » ? « Désolé » ? Franchement, autant ne rien écrire. C'était ce qu'il avait fait d'ailleurs, il n'avait pas renseigné d'objet, son directeur de thèse comprendrait assez vite.

Il relut son message :

Monsieur,
C'est avec beaucoup de gêne, mais cependant sans regret, que je vous annonce mettre un terme à la rédaction de ma thèse. Votre aide et votre soutien durant ces cinq années ont été très précieux, et je vous en remercie. Je prends contact avec le secrétariat de l'école doctorale pour mettre en ordre ma situation.
Cordialement,
Antoine Thérieux

Il cliqua sur *Supprimer*, puis sur *Vider la corbeille*. Pas le choix.

Thèse.III.1.1.1.A.
Times New Roman, corps 12
Interligne 1,5 ligne
Justifier

C'était reparti.

Pantin

Juillet. Les quais de la gare Magenta étaient les mêmes que dans son souvenir, tout au plus avait-on remplacé les néons blafards par d'énormes abat-jour orangés qui diffusaient une lueur douce, presque cosy. Antoine avait patienté sur ce quai cinq matins par semaine lorsqu'il avait commencé à enseigner : pas désagréable, surtout l'hiver, l'endroit était bien chauffé, immaculé et silencieux malgré la foule, ils avaient dû plancher sur l'acoustique, un projet du genre gare zen avec lumière chaude et musique d'ambiance. Il en fallait, du baume au cœur, pour s'enfoncer chaque jour dans le ventre de Paris : la gare Magenta n'existait même pas en surface, pure création souterraine, excroissance de la gare du Nord ou bien de l'Est, on ne savait plus, baptisée sans inspiration d'après le boulevard qui la couvrait.

Un vrai cauchemar pour claustrophobes, en revanche. En cas de problème, ce serait clairement la panique : impossible de remonter rapidement, faits comme des rats. Mais les scénarios catastrophe n'existaient pas à l'époque où Antoine prenait le train pour rejoindre les villes nouvelles de Seine-et-Marne et leurs cités scolaires corbuséennes, ou seulement dans un univers parallèle, loin, très loin du RER E, du Brioche dorée et du Clé Minute nichés en haut de la station. L'espace-temps de la gare Magenta était alors un monde sans kalachnikov, sans camion fou ni explosifs à la ceinture, monde à l'insouciance antédiluvienne où le destin avait la délicatesse de frapper loin et où, en tout cas, on ne placardait pas aux portes des salles de classe les consignes pour se cacher en cas d'attaque.

La sortie du tunnel fut brutale. Le soleil frappa Antoine sans prévenir, décapitant ses souvenirs bercés par le balancement de la rame. Le train s'arrêta dans une gare qu'il ne connaissait pas, avant de le déposer sur le quai de Pantin. Le trajet jusqu'à la fourrière s'avéra plus long que prévu : traverser le canal, longer quasiment tout le parc de la Villette, il avait été idiot de sauter mécaniquement dans le RER, il y avait des métros plus proches. C'était la première fois qu'il se rendait à Pantin, les berges étaient assez jolies et, avec les grands moulins rénovés, l'ensemble était convaincant, un côté chic-trash berlinois sous un ciel encourageant. La suite du parcours était plus proche de l'environnement du lycée, à la différence qu'il n'y avait là-bas ni Paribas ni Hermès ni, à sa connaissance, de caviste spécialisé dans la biodynamie.

La fourrière était située rue de la Marseillaise : aucun numéro visible, rien qu'une voie tracée en contrebas du périphérique, bordant un interminable immeuble de briques sombres. Antoine n'osait imaginer le tableau en plein hiver, mais sous le soleil de juillet, marcher dans la fraîcheur des grands platanes n'était pas déplaisant. Comme un air de vacances. Il regrettait maintenant de ne pas s'être arrêté à la boulangerie de la gare, il n'avait rien avalé depuis des heures et les cinq cafés de la Bibliothèque commençaient à lui marteler la tête. La migraine n'allait pas tarder, s'il ne trouvait pas rapidement quelque chose à manger, c'était cuit. D'autant qu'il lui faudrait ensuite conduire jusqu'aux Batignolles.

Les formalités furent heureusement expédiées en moins de cinq minutes. L'employé de la fourrière, un petit vieux, sec et fringant, portant un badge Thierry-Gardiennage, lui remit tous les papiers sans la moindre remarque. Rien sur la voiture ouverte, rien sur son prénom, qui n'était pas le même que sur la carte grise, rien non plus sur les deux semaines écoulées depuis la saisie du véhicule.

La facture était salée, comme il s'y attendait – 485 euros tout de même. Il avait dû supplier l'Éducation nationale pour qu'on lui verse l'indemnité du bac avant son salaire, c'était un cas de force majeure, il en allait de sa santé (il n'avait pas donné de détails, pas la peine de se taper la médecine du travail non plus). Hors de question d'attendre la fin du mois de juillet pour récupérer la voiture, son père allait le harceler de questions et il finirait par lâcher le morceau, boulet de honte accroché au portefeuille parental. L'état de ses finances était plus que critique, il avait liquidé les deux tiers de sa paye de juin dans le billet pour Séoul et le loyer avait mangé le reste. Tant pis, son été serait frugal, ce n'était pas la machine Selecta de la BNF qui allait le ruiner et il était probable qu'elle constitue sa plus grosse dépense d'ici septembre.

Le type était décidément sympathique, il proposa d'amener la voiture jusqu'à la guérite de sortie, mais la Fiat refusa de démarrer. Antoine observait sa mine préoccupée, attendant son verdict, presque résigné : en trois semaines, son quotidien avait de toute façon viré à l'emmerdement maximum.

– À tous les coups, c'est les boules…

– Pardon ?

– Les boules. Les boules des arbres, là. Quand les voitures roulent dessus, ça s'émiette comme des biscottes, ça fout des poils partout. Vous voyez les petits poils jaunes qui font comme du foin ? Ben, pareil.

– La voiture est bloquée à cause de poils d'arbres ?

Thierry-Gardiennage le regarda avec un mélange de pitié et d'indulgence. Antoine sentit ses tempes se comprimer dangereusement, il avait vraiment faim. Un grondement rauque torpillait son ventre. Il ne sentit pas les premières vibrations et réagit trop tard à l'appel de son frère.

– Non, la panne, c'est les fourmis. Comme la Toyota, le mois dernier : le même coup. En deux semaines, c'était foutu.

Les messages de Dan s'affichaient.

Hello. Ça va ?
Maman m'a dit que Sid t'emmenait en Corée ?
Vous partez quand ?

Thierry-Gardiennage se rendait bien compte qu'Antoine ne comprenait pas un mot à son histoire de boules et de fourmis.

– C'est le vent. Les poils s'entassent le long du grillage, là, juste devant. Moi, je m'en aperçois tout de suite parce que ça me fait des irritations : la gorge, les yeux, surtout après la pluie. Et tous ces poils, ça les attire, forcément.

Antoine n'arrivait pas à se concentrer, Dan écrivait toujours.

Je vais bosser de Paris cet été.
Votre appartement est dispo ?

– Alors, c'est supermarché.

– Hein ?

– C'est supermarché ! C'est la fête, quoi ! C'est pas le grillage qui les arrête… Alors, si les voitures restent un peu longtemps, en quelques jours, c'est bousillé.

Les platanes, les fourmis, les circuits foutus, Antoine voyait à peu près. C'était son frère, maintenant, qui l'inquiétait. Qu'est-ce que c'était que cette histoire d'appart ?

– Pardon, excusez-moi. On ne peut pas la réparer ici ?

Thierry-Gardiennage lui lança un regard atterré.

– On ne fait pas garage, mais comme je disais, le problème, c'est les pièces. Tout ce qui est électronique, ça met du temps à arriver. Vous comptiez dessus pour les vacances ?

Pour sous-louer qques semaines.
On s'appelle ?

– Excusez-moi, mais… Vous n'auriez pas quelque chose à manger ? Ou à boire ?

Antoine s'assit dans la guérite sur le rebord de la baie vitrée, à l'abri du soleil. Thierry-Gardiennage revint avec une bouteille d'eau et un vieux paquet de madeleines. Il s'inquiétait, il devait s'en vouloir de l'avoir mis dans cet état, il y était allé fort avec les fourmis, la Toyota, et voilà le résultat.

Antoine reprenait des couleurs. L'eau, surtout, lui avait fait du bien. Il se sentait gêné, il avait presque terminé les gâteaux et ne savait pas comment remercier le type pour sa gentillesse.

– Vous auriez une idée du coût de la réparation ? Même approximatif ?

– Quelque chose comme… mille, mille cinq cents euros. Mais bon, vous êtes remboursé par l'assurance normalement. Et attention, hein ! N'allez pas dire que vous l'avez laissée en fourrière ! Racontez que vous étiez en vacances dans le Sud, c'est bourré de bestioles là-bas. Je ne sais pas pourquoi on a toutes ces fourmis, nous : ça doit se détraquer, avec la pollution, les pluies et…

Antoine n'écoutait plus, il s'était rassis, assommé. Mille cinq cents balles. L'assurance était exclue, elle était au nom de son père.

Thierry-Gardiennage l'observait avec inquiétude : il devait être livide.

– Vous savez, on peut s'arranger, vous pouvez la laisser là en attendant. Je rentre la sortie aujourd'hui dans le fichier, personne n'ira vérifier. Vous n'aurez pas à payer le gardiennage, au moins. Et puis, pour le garage, demandez sans remorquage : je vous le ferai, moi… Par contre, choisissez un garage à côté. Je vais vous donner une liste.

Le type ne disparut pas plus d'une minute, il devait avoir peur qu'Antoine fasse n'importe quoi, s'effondre peut-être.

– Tenez, j'en ai mis deux. Celui de Hoche, c'est le moins cher. Et là, c'est mon numéro.

Il restait planté devant Antoine, prêt à le serrer dans ses bras. Ils étaient au bout de ce que deux inconnus pouvaient se dire, il fallait partir à présent. Antoine bafouilla des remerciements, voulut rendre la bouteille et le paquet de madeleines mais, grande âme jusqu'au bout, Thierry-Gardiennage lui fit comprendre qu'il pouvait les garder.

Vingt minutes plus tard, les dents plantées dans un Royal Deluxe, Antoine prenait la mesure de la situation. Le bon côté, c'était que sa thèse avait cessé d'être son plus gros problème. Le moins bon, c'était qu'il lui manquait deux mille euros – Thierry-Gardiennage l'avait ménagé, sa fourchette était probablement très basse, rase-mottes même. Peut-être demander le remboursement du billet pour Séoul ?

Il jeta, sans conviction, un œil aux conditions générales de vente. Pas très encourageant : l'onglet annulation n'envisageait que la « force majeure », définie comme « tout événement irrésistible, imprévisible et indépendant de la volonté de la personne ». Rien que ça.

De toute façon, même en cas de force majeure, la Korean ne remboursait que 10 % du billet d'avion.

La Fresque

Sid avait atterri en Corée trois jours plus tôt. Ils avaient prévu, dès le début, de voyager séparément, un groupe la happerait à son arrivée à Séoul et ne la lâcherait pas du week-end. Entre les cours et les festivités, elle n'aurait pas une minute. C'était une star là-bas : on lui avait payé le voyage en première et, côté bain de foule, le pire était à craindre. Antoine ne se voyait pas vagabonder seul dans une métropole de dix millions d'habitants. Et les vols étaient moins chers en semaine. Il n'était pas VIP, lui.

Enfin, s'il avait su…

Contrairement à ce qu'il s'était imaginé, le monde n'avait pas tremblé lorsqu'il avait annoncé à Sid qu'il comptait bien, finalement, aller au bout de sa thèse et qu'il ne l'accompagnerait pas à l'autre bout du monde. Ni dispute, ni sac bouclé à la va-vite, ni portes claquées. Ce mardi de juin, en sortant de la Bibliothèque, il était allé l'attendre place Sainte-Catherine.

Elle lui avait raconté sa journée, ne l'avait pas questionné sur la sienne, et ils avaient rejoint La Fresque en remontant la rue des Francs-Bourgeois. Elle l'avait écouté avec attention, elle s'était même penchée quand il avait écarté son assiette de rognons pour poser, sur la petite serviette carrée, le nombre de pages à rédiger rapporté à l'échéance du mois d'août. Elle avait été parfaite.

Le problème, c'était lui : son verbiage, qu'il trouvait gauche, piteux, incapable de servir autre chose que des banalités – « ça serait trop bête », « si près du but », « un été et basta », « ça n'engage à rien », sans compter les « c'est jouable », « c'est gérable », « c'est faisable », et « franchement », et « honnêtement », et « carrément ». Bien la peine d'avoir bac + 8. Ça commençait à l'agacer, aussi, ce silence en face de lui, cette impression de gesticuler sous le regard de Sid comme une mouette mazoutée. Mais il avait demandé à ce qu'elle l'écoute jusqu'au bout, sans l'interrompre. Et c'était exactement ce qu'elle faisait.

– Tu ne dis rien ?

– Que veux-tu que je dise ?

– Mais, je ne sais pas, moi ! Comment tu vois les choses, ton avis ! Si tu es d'accord…

– Si je suis *d'accord* ?

– Oui ! Enfin, avec mon analyse : d'accord avec mon analyse… T'es chiante, Sid.

– Mais…

– Oui, t'es chiante, à… à rester là, comme… un gros bouddha repu.

Il y avait eu une seconde, une fraction de seconde suspendue au désastre. Mais le rire de Sid, énorme, frénétique, avait éclaté sur la terrasse. Incapable de s'arrêter, les deux mains sur le ventre, comprimant l'attaque qui la reprenait dès que, la tête relevée, ses yeux croisaient de nouveau ceux d'Antoine. On les fixait, évidemment : certains clients se mettaient déjà à rire, tout en l'observant, lui, à la dérobée.

La vérité, c'était que Sid s'en foutait. Ce n'était pas de l'indifférence, c'était même le contraire : elle était la plus – la seule ? – au courant, réellement au courant, de ses recherches. Elle s'y était d'emblée intéressée, avait accompagné ses découvertes, ses impasses, ses doutes. Sa mémoire hors du commun lui permettait de suivre n'importe quelle hypothèse, de tout connecter : dossiers de procédure, éditeurs, lois, ordonnances, versions expurgées, tout. Non, ce dont elle se foutait éperdument, c'était le côté académique, le fait qu'Antoine livre ou non un produit fini. Le pavé de huit cents pages, les cinq heures devant le jury, les lauriers à l'unanimité, les médailles très honorables, tout cela ne l'impressionnait pas. Si c'était ce qu'il voulait, parfait. Mais s'il avait envie d'autre chose, c'était sa décision, voilà tout. Au fond, Sid était souverainiste. C'était bien la seule chose qu'elle avait héritée de sa famille.

Elle ne rentrerait pas avant plusieurs semaines, c'était mieux ainsi : elle n'aurait pas à supporter la dernière ligne droite d'Antoine. Au moins, il n'aurait pas de témoin. Ils auraient d'autres occasions, les Coréens n'étaient pas près de la lâcher.

Perle rare

Antoine n'avait pas rappelé son frère. Dan répondait rarement, mieux valait attendre son coup de fil. Lorsqu'il était de passage à Paris, il descendait dans un hôtel derrière l'Opéra, ou alors on lui réservait quelque chose à la Défense. Dan ne s'attardait jamais : quelques bières sur les grands boulevards, un dîner chez les parents et, généralement, c'était plié. Vu son message, ça risquait d'être plus long, cette fois. Qu'est-ce que les banques pouvaient bien foutre en plein mois de juillet ?

Évidemment, Dan n'avait pas envie de passer l'été aux Batignolles dans l'appartement familial. La semaine de Noël était déjà un maximum : après trente ans, la vie n'était pas faite pour se réveiller six fois de suite sous un poster de Kurt Cobain. La faille spatio-temporelle était plus supportable quand ils étaient tous en Bretagne. Les relations y étaient plus lâches, les rôles moins fossilisés. Mais la maison était louée tout l'été : les séances de sa mère dureraient au moins jusqu'à fin août.

Antoine songea aux locations qui s'enchaînaient sur la petite île bretonne : un sacré pactole, largement assez en tout cas pour couvrir les frais de la voiture. L'endroit était prisé, limite snob l'été, et la maison allait loger des hordes successives de notaires fatigués de La Baule ou de Sainte-Marine. Techniquement, cet argent était le sien – celui de Dan aussi, mais étant donné son train de vie à Londres, il n'en avait aucun besoin. Antoine regrettait à présent d'avoir traîné la jambe, il n'avait même pas ouvert les papiers de la donation. Et demander un virement à ses parents, là, tout de suite, ou même une avance, il faudrait qu'il s'explique. Il n'en avait aucune envie.

Depuis toujours, ses parents pensaient leurs interrogatoires délicats, des as de la discrétion, à glisser l'air de rien leurs questions à trois bandes. Pas un pour rattraper l'autre : ils devaient s'applaudir, le soir, se féliciter de leurs percées subtiles, de leurs frappes chirurgicales. Pour Antoine, qui les sentait venir à des années-lumière, leur diplomatie était celle d'une automitrailleuse russe. Il savait que sa perception était légèrement vrillée, qu'il n'était pas objectif sur le sujet, du moins pas depuis ses treize ans, pas depuis qu'il avait appris, avec la précision d'un sismographe, à déceler l'inquiétude sous la désinvolture et l'angoisse planquée dans les phrases anodines.

Enveloppé dans la fraîcheur du canapé, il tapa *Tarifs location Paris Pigalle Clichy* dans la barre de recherche de son ordinateur. Sur un plan du quartier, une multitude de petits drapeaux s'affichaient : pop, pop, pop, 75 euros, 98 euros, 160 euros, 135 euros, 53 euros, 210 euros, 137 euros... À deux pas de chez lui. Pour un appartement comme le sien, en juillet-août, on tournait autour de 130 euros la nuit. Antoine cliqua sur la troisième annonce : *PERLE RARE ! ! ! !*, avertissait le site – les gens devaient payer une blinde pour ce genre d'orgie typographique. Prospecter en bas de chez soi avait quelque chose d'étrange, d'exotique. Antoine découvrait, fasciné, le monde parallèle du tourisme de masse accro au détail pittoresque, le Paris baguette de l'immersion chez l'habitant. Vu les annonces, les habitants en question devaient être une espèce en voie d'extinction. Les photos léchées sentaient le multipropriétaire à plein nez, voire le groupe hôtelier masqué derrière un profil sympa, partageant une flopée de bons plans sur *la vraie ville au quotidien* – le plus souvent, une pile de vieilles brochures sur une table d'entrée.

Le quartier où habitait Antoine présageait le pire : Pigalle, Blanche, le Moulin-Rouge, le bas de la Butte, la rue Lepic et son café Amélisé, le Paris canaille dans toute sa splendeur. Mais *PERLE RARE ! ! ! !* était au-delà de tout ce qu'on pouvait imaginer. Treize photos, plus consternantes les unes que les autres, du style Régence mollasse, avec des lustres partout, un vrai déluge de verroterie, dans la chambre, la cuisine, la salle de bains, même. Un immense lit à baldaquin trônait dans la suite parentale – qui achetait encore des lits à baldaquin, qui en vendait même ? Ils avaient dû avoir un prix de gros, ça et les miroirs en série, une promo sur la déco porno des années 1970 : pour 180 euros la nuit, *Les Liaisons dangereuses* au-dessus du Lidl.

Les commentaires de *PERLE RARE !!!!* étaient bien sûr dithyrambiques. L'appartement d'Antoine n'arrivait pas à la cheville de *PERLE RARE !!!!*, mais il était plus grand et disposait d'un clic-clac. En plein été, 130 euros la nuit paraissait raisonnable.

Antoine attrapa ses clés et descendit les deux étages. Prendre l'air, penser à la suite des opérations. Il avait besoin de la cohue des boulevards, de marcher au milieu des badauds et des vitrines sexy pour réfléchir.

Deux semaines de sous-location. 2 fois 7, multiplié par 130. Il vérifia sur son téléphone : 1 820 euros. Tout de même. Et en comptant trois semaines ? 2 730 euros. Exactement ce qu'il lui fallait. Il consulta de nouveau la série de messages : Dan avait bien parlé de « sous-louer ». Après tout, c'était lui qui proposait.

Merde, son frère était en ligne. Antoine détestait ça, ce fliquage permanent des réseaux. Dan écrivait :

J'arrive jeudi.
Dîner chez les parents.
Tu me dis pour l'appart ?

OK pour jeudi.
Et a priori OK pour l'appart.
Tu restes longtemps ?

Dan était en train d'écrire. Antoine attendait, s'interrogeant sur la suite des opérations. Devait-il annoncer qu'il n'irait pas en Corée ? Ou simplement dire qu'il avait décalé son vol ? Il n'avait pas eu le temps de peaufiner sa stratégie.

Son frère n'était plus en ligne, il n'avait rien écrit finalement. On verrait plus tard. Antoine avait quarante-huit heures avant de débarquer chez ses parents.

Un dîner

– Et ce Brexit, alors ? Vous en êtes où ?

– Nulle part, Barnier n'est pas près de lâcher. Ils veulent le beurre et l'argent du beurre. Et ils s'étonnent, après, que ça ne passe pas !

Antoine allait finir par se couper. D'habitude, c'était son père qui se chargeait de préparer la salade mais, cette fois, il s'affairait autour de la cheminée : Dan aimait dîner devant le feu et Dan était là. L'ineptie d'un feu de cheminée en plein mois de juillet ne choquait personne. Les doigts d'Antoine étaient visqueux à force de trancher de la betterave et de l'avocat. Il en avait jusque sous les ongles.

– Maman ? Ça suffit, peut-être, la salade ?

Sa mère avait gardé un souvenir traumatique de leur adolescence. Elle prévoyait toujours des quantités hallucinantes, de féculents surtout (important, les féculents) : toujours un plat de pâtes ou de riz sur la table, au cas où, comme une corbeille de pain. Ou un kilo de betteraves. Effrayant. D'autant que ni son frère ni lui n'étaient des grosses baraques, plutôt le genre efflanqué, comme leur père – quoique Dan, depuis, s'était mis au running. Mais Hélène Thérieux n'écoutait pas, elle sortait les couverts en devisant sur la destinée du Royaume-Uni. Sur ce sujet, Dan était intarissable.

– Vous avez vu que David Davis avait démissionné ?

– Maman, c'est n'importe quoi, la betterave ! On n'est que quatre, bordel !

– Antoine !

– Vous allez rentrer, alors ?

– Pour nous, ça ne change rien. Ils vont garder tous les cadres et…

– Les gens vont être triés en fonction de leur salaire ?

– A priori, oui. Un seuil à 30 K.

Antoine ne savait pas ce qui l'énervait le plus : la marche du monde ou son frère s'y vautrant avec autant de naturel. 30 K, pourquoi perdre son temps à détailler quand une belle grosse initiale suffisait ? Dans ces moments-là, c'était plus fort que lui, il fallait qu'il joue au con.

– Ça fait combien, 30 K ?

Son frère n'eut pas le temps de répondre. Dommage, Antoine se demandait s'il aurait marché. Dan avait lui aussi, évidemment, des préjugés le concernant : intello gagne-misère, idéaliste hors jeu, à côté de la plaque. Ce qu'il était.

Il y avait longtemps qu'ils ne s'étaient pas retrouvés ainsi, tous les quatre, sans Sid ni Audrey. C'était plutôt agréable, d'autant que chacun avait l'air bien disposé – Dan l'avait traité de pourriture de communiste en entrant dans le salon. Mais Antoine était de plus en plus mal à l'aise. La bonne humeur de son frère, sa gaieté même, inhabituelle et encouragée par la bouteille de pécharmant, n'était pas d'un grand réconfort : tôt ou tard, il faudrait bien qu'il lâche le morceau à propos de l'appartement.

Il avait passé deux jours à se chercher un pied-à-terre, une chambre libre chez des amis où il pourrait loger pendant que Dan lui sous-louerait l'appartement. Il n'allait pas faire semblant de partir en Corée, il n'en était pas là non plus. Et ça lui faisait plaisir de voir son frère, d'aller boire un verre avec lui de temps en temps, de profiter un peu de lui. Son scénario était tordu, un vrai navet, mais c'était tout ce qu'il avait imaginé, il y avait tout de même trois mille balles à la clé : Dan et lui cohabiteraient une nuit et, le lendemain, au moment de partir pour l'aéroport, il ferait mine d'apprendre sa participation à un colloque, un truc incontournable, impossible de décliner, tant pis pour la Corée, il partirait plus tard, peut-être en août, il verrait bien, et en attendant, non, non, pas de souci pour l'appartement, on ferait comme prévu, Dan y resterait le temps qu'il voulait, il sous-louait après tout, et Antoine avait des tas d'amis qui pouvaient l'accueillir, ce serait sympa d'ailleurs, comme au bon vieux temps, vraiment, c'était très bien comme ça. Dan casquerait sans souci, il s'en foutait. Sa boîte paierait.

Sauf que personne n'avait répondu présent. Tous les amis d'Antoine – enfin ceux susceptibles de l'héberger, c'est-à-dire pas beaucoup – avaient mis leur appartement en location sur Airbnb, le treizième mois des trentenaires parisiens. Il était consterné. Où aller ? Prendre une chambre d'hôtel ? C'était ridicule ! Il n'allait pas payer pour pouvoir louer son appartement à son frère. Le nez dans le soufflé au fromage, il désespérait de trouver une porte de sortie, le bouton « stop » de cet engrenage délirant qui le bringuebalait depuis un mois.

Sa mère s'était levée pour les resservir.

– Et Audrey ? Comment va-t-elle ? Vous vous faites à manger ?

– Maman ! Arrête, merde !

– Daniel !

– Excuse-moi. Audrey va très bien. Elle est un peu sous l'eau, avec l'année à boucler, mais ça ira mieux en août. Elle a même du temps pour faire des soufflés, figure-toi.

– Tu déformes tout ! Je voulais juste savoir si, c'est… simplement, si vous aviez le temps, comme vous travaillez beaucoup… ça prend du temps de faire la cuisine, alors…

– C'est bon, maman. Audrey va très bien, *on* va très bien.

Dan se tourna vers Antoine :

– Et toi ? Ça avance comme tu veux ?

Pris de court. Dans la chaleur du feu qui ronronnait derrière son dos, Antoine avait décroché. Le bavardage familial lui parvenait en écho assourdi, il le connaissait par cœur, ce bric-à-brac d'inquiétudes, de gifles et de caresses. Au menu du soir, côté Dan : la vie à Londres, le socialisme libéral et la maigreur d'Audrey. Et maintenant, c'était sa partition à lui, le petit : la thèse, les cours, l'avenir.

Heureusement, il pouvait compter sur son père.

– Assez pour partir en Corée, en tout cas !

– Gilles…

– On peut rigoler, non ? Excuse-moi, Antoine. Vas-y…

– Oui, ça avance. C'est quasiment fini, même. Je rends fin août. Quelques pages à écrire, un peu de biblio…

Il arrivait presque à se convaincre. *Quelques pages*. Ils l'observaient dans un silence mi-admiratif, mi-gêné, attendant qu'il développe. Mais qu'est-ce qu'il pouvait ajouter ?

– Je… C'est bien. Je veux dire, ce que j'ai fait : c'est bien. Je suis plutôt content.

– On va pouvoir la lire ?

– Oui, enfin non, pas tout de suite. La version publiée sera… moins académique, moins longue.

– Et la soutenance ? Audrey veut absolument y être, tu sais ! Tu connais déjà la date ?

Non, évidemment, il n'en avait aucune idée. Mais il avait joué sa part, la conversation roulait à présent sur l'agenda de l'automne, le voyage en Crète de ses parents, les travaux de la maison du bas, en Bretagne. On s'approchait tranquillement de la fin de la soirée : une ou deux bûches encore, et ce serait terminé.

La berline

– Je te dépose ?

Antoine acquiesça, il embrassa sa mère qui lui tendit, comme à chaque fois, un sac bourré de revues qu'elle récupérait à la fac et qu'il n'ouvrait jamais – Sid les lisait aux toilettes, consciencieusement.

La question de Dan était absurde : ils allaient rentrer ensemble puisqu'il l'hébergeait, mais son frère n'avait visiblement pas envie de mettre la Guépéou au courant.

La berline noire attendait sur l'emplacement réservé aux livraisons. Antoine ne prenait jamais de taxi, encore moins de voiture privée, les longues distances à pied ne le dérangeaient pas, mais les soirées jusqu'au bout de la nuit n'étaient plus à la mode, le monde était passé à autre chose – qui, cinq ans plus tôt, aurait mis son réveil pour aller courir contre la sclérose en plaques ou se rendre à un vide-greniers écoresponsable ? La voiture démarra et s'engagea sans bruit dans la rue Cardinet.

Dan suivait l'itinéraire sur son téléphone. Il rompit le silence :

– Ils sont en forme, non ?

– Oui. Surtout papa.

– Quand ils sont venus à Londres, cet hiver, c'était... Il va mieux, vraiment.

– Mais à Londres alors, comment ça s'est passé ?

Dan se tourna vers lui. C'était la première fois, depuis qu'ils avaient démarré, qu'il levait les yeux de son écran.

– Le cauchemar. Les mêmes crises que grand-père, exactement les mêmes. Déjà, réserver l'Eurostar... rien que ça, l'enfer. Tu la connais, Audrey s'est proposée pour l'aider. Tu parles, il a comparé le prix des billets pendant un mois sur des forums à la con, tout ça pour finir avec des places en première qui ont coûté un bras. Qu'est-ce qu'il en a à foutre de voyager en première ? Il ne peut même pas boire de champagne !

Antoine se mit à rire. C'était le génie de Dan, son exagération, son arrogance, ses raccourcis à l'emporte-pièce, son intelligence dans la connerie. Un peu comme Sid, au fond.

Dan était lancé.

– Tu ne les vois que le temps d'un dîner, toi. Mais imagine qu'ils viennent chez toi : tomber sur eux dès le réveil, et les menus, les sorties, tout organiser. Les jours où on bossait, ça allait encore. Mais le week-end...

Dan n'avait pas tort. Son départ avait changé la donne. Terminés les cafés à l'improviste et les dîners en semaine : à présent, lorsqu'il revenait, c'était du lourd, du soufflé-pécharmant-feu-de-cheminée, du *et comment ça va au travail*, du *et vous vous voyez encore longtemps là-bas*, arrosé d'un peu de *et les enfants vous y pensez ?* (Non, pas celle-là, Hélène et Gilles Thérieux avaient quand même un minimum de tact.) C'était différent pour Antoine. Les soirs où il passait avec Sid, une piperade réchauffée devant France 5 faisait très bien l'affaire. Il n'osait même pas imaginer la cohabitation avec eux. Mais l'envisageait-il davantage avec son frère ?

Il aperçut en contrebas le trou des voies filant vers la gare Saint-Lazare. Ils l'appelaient le canyon quand ils étaient gosses, à cause de la hauteur vertigineuse. De l'autre côté, les Batignolles et la piste de voitures à pédales, juste au bord.

– Tu crois que le circuit d'en face existe encore ?

Dan regarda par la vitre avec un temps d'hésitation. Bien la peine de suivre le trajet sur une application.

– Je suppose.

– Tu te souviens de tes dérapages, au bout de la piste ? J'avais tellement la trouille que tu tombes.

– Arrête, il n'y avait aucun risque. Je faisais ça pour t'impressionner.

– J'étais mort de peur ! Le grillage pouvait céder et…

– N'importe quoi ! C'étaient des barreaux énormes, tiens, exactement comme ceux-là. Regarde, personne ne peut faire de chute avec ça.

Antoine fixa les grandes grilles qui bordaient la rue de Rome. Il avait le souvenir d'un grillage, pourtant, d'un maillage souple. Un parapet de carton-pâte ne pouvant rien contre les frères lancés à pleine vitesse. Il n'était pas convaincu. L'aplomb de Dan l'avait énervé.

– Au fait, je ne pars pas. Il n'y a pas d'avion demain matin, pas de voyage… Désolé. Tu peux rester si tu veux : Sid n'est pas là, je te laisse la chambre. Enfin, si tu préfères l'hôtel, je ne vais pas me vexer…

Son frère se taisait. Antoine l'observait du coin de l'œil. Radio Nova venait d'annoncer *une pépite dark de l'électro downtempo* : impossible de s'engueuler sur un truc pareil, ça devait calmer les gens. Une trouvaille du chauffeur pour éviter les embrouilles. Antoine était sûr qu'il changeait de station dès la portière claquée.

– Comment va Sid ?

– Pourquoi tu me demandes ça ?

– Pour rien, je n'ai pas demandé tout à l'heure. Comment va-t-elle ?

– Bien. Elle est partie samedi dernier. On ne s'est appelés qu'une fois. C'est fou, ce qui lui arrive là-bas.

– Maman m'a dit qu'elle avait des sortes de fans ?

– Oui. Tu vois les Coréens, avec ce côté groupie un peu dingue ? C'est tombé sur elle.

– Tu ne la rejoins pas ?

– C'est ce qui était prévu…

– Mais ?

Il commençait à le gonfler avec ses questions. Qu'est-ce qu'il s'imaginait ? Que Sid l'avait jeté ? Ou que lui l'avait quittée ? Même après des années, Dan s'obstinait à voir en elle une infirmière un peu gourdasse (elle n'avait jamais été infirmière), une féministe d'ultragauche (elle n'était ni l'une ni l'autre), toxicomane (ça faisait longtemps) et vaguement prof de gym (pitié).

– Mais j'ai décidé de ne pas aller là-bas, voilà. Le bac m'a foutu dedans cette année, la thèse a pris du retard. Je n'ai pas le choix, je dois la rendre fin août. On prendra des vacances plus tard avec Sid, en octobre, quand tout sera fini. Je passe l'été en bibliothèque et basta.

– Elle est d'accord ?

– Qui ? Sid ?

– Évidemment, pas la bibliothèque…

– Mais… elle s'en fout ! C'est moi que ça regarde. Elle me soutient, c'est tout.

La conversation s'éteignit. Le pécharmant avait sérieusement attaqué son frère, ses questions n'avaient ni queue ni tête, il n'avait même pas l'air d'avoir percuté pour l'appartement. La voiture approchait de la destination. Les flashs criards de la place de Clichy illuminèrent la banquette arrière et Dan se redressa, comme tiré d'un mauvais rêve.

– Pourquoi « surtout papa » ?

– Quoi ?

– Tout à l'heure, quand j'ai dit que je les trouvais plutôt en forme, tu as répondu : « surtout papa ». Pourquoi ?

– Je ne sais pas, comme ça. Maman a l'air d'aller bien, aussi, mais on ne sait jamais avec elle. Dan… tu es sûr que ça va ?

– C'est drôle, les couples. Quand tu vois les parents, c'est comme une balance, une respiration : ventricule droit, gauche, inspire, expire. Elle va mieux, il va mal. Elle récidive, il se retape…

Clic-clac ou pas, son frère avait besoin de dormir.

Rue de Vintimille. La berline noire se gara devant l'épicerie de nuit. Dan tendit sa carte et commença à rassembler ses affaires.

– J'aime bien Sid, tu sais. J'espère qu'on pourra se croiser à son retour.

Antoine décrocha sa ceinture sans répondre et s'échappa de la voiture. L'air de la nuit, enfin. Il laissa son frère se débrouiller avec ses sacs, faisant mine, lui, de chercher les clés dans les poches de son pantalon. La voix grave du chauffeur le fit sursauter :

– Vous êtes sûrs, pour les bonbons ?

– Pardon ?

– Servez-vous. C'est fait pour.

– Oui… enfin, non. Merci, ça va.

– N'hésitez pas !

Le chauffeur le regardait d'un air mauvais. Qu'est-ce que c'était que ce truc tordu, encore ? À côté, sur le trottoir, son frère avait retrouvé sa superbe, regonflé par la fraîcheur du soir : rouvrant la portière, il plongea sa main dans la boîte de caramels et en rafla la moitié. Sans un regard pour Antoine, le chauffeur souhaita à Dan, d'un large sourire, une excellente soirée.

Les forêts boréales

Dan avait dormi vingt heures. Après avoir posé ses sacs, il avait disparu dans le duvet remonté de la cave. Antoine n'avait pas insisté, retranché dans sa chambre. Surtout, ne pas dérouler le fil de la soirée. Si la machine se lançait, il en prendrait pour des heures, à tout désosser pour un résultat nul et une insomnie certaine. Dans ces cas-là, un bon Jean-Pierre Vernant (n'importe lequel, il les aimait tous) avec quelques grammes de passiflore épaissie à la carboxyméthylcellulose faisait généralement l'affaire. C'était son épouvantail à croque-mitaines : mythologie, phytomanie, et le ventre chaud de Sid. Mais c'était le petit matin à Séoul, trop tôt pour la réveiller avec ses histoires.

Le lendemain, au retour de la bibliothèque, Dan dormait toujours. Il était dix-huit heures, la lumière avait déjà rosi. Antoine ferma doucement la porte du salon et attendit, assis en tailleur au milieu du lit dont il avait lissé les draps (Airbnb avait fini par le complexer), fixant le vieux planisphère des arbres et cultures du monde, unique contribution de Sid à la décoration de la pièce. Il tenta d'imaginer la cohabitation avec son frère. Dan n'avait rien dit à propos de l'appartement. L'annonce d'Antoine n'avait semblé ni le contrarier ni le réjouir. Il avait bien compris, pourtant, puisqu'il avait demandé, avant de s'écrouler dans le canapé-lit, s'il pouvait suspendre ses costumes dans le dressing du couloir – personne n'avait jamais eu l'idée d'appeler ça un dressing, c'était juste un placard.

Antoine laissa son regard dériver sur la carte : la Corée, comme le Japon, appartenait au vaste ensemble des forêts boréales, mélanges de bouleaux, noyers, châtaigniers, des arbres immenses le plus souvent, érables, ormes, pins. À quelques centimètres, c'était la mer de Chine et le début de la zone pré-équatoriale, humide et dense, des chênes verts couvrant les bambous et les massifs géants de lauriers blancs. La silhouette de Sid lui apparut, du côté de Busan, arpentant les cascades et les collines de la Corée du Sud, étrange créature au dos couvert d'un énorme sac, dont seules les jambes dépassaient. Le Gros Coco, dans l'histoire d'*Alice*.

Le sac d'Antoine, lui, acheté pour l'occasion, gisait, vide, à côté de la fenêtre.

Il pensa à l'été qu'il allait passer, piégé entre les quatre tours de la Bibliothèque. Est-ce que ça en valait la peine ? Comment s'y prenaient-ils, les autres, pour évaluer leur existence ? Puisqu'il s'agissait bien de cela : accorder ou non une *valeur* suffisante aux chemins qu'on empruntait ? Est-ce qu'ils avaient des critères, des repères, pour savoir quand s'arrêter, quand tourner, ralentir, faire marche arrière ? Pour décider que B était préférable à A, en tout cas surtout pas D, à la rigueur C, mais non, tout bien considéré, c'était effectivement B. Antoine n'arrivait pas à isoler dans sa mémoire un véritable choix, une décision en chair et en os. Non pas un de ces accommodements dont il était coutumier et qu'il était si facile, a posteriori, de maquiller en détermination. Non, une vraie décision. Il avait beau chercher, il ne voyait pas.

Il avait bien remarqué autour de lui qu'il n'était pas le seul dans ce cas-là. Que, pour certains (minoritaires encore, il n'osait pas imaginer ce qui se produirait à la quarantaine), l'euphorie avait cédé la place à une forme de saisissement, une impuissance sourde et cotonneuse devant le cours des choses. Et c'était sans compter les mauvais coups. Là, pas le choix, plus personne pour faire le malin : la gorge enflée de sa mère, les délires de son père… Mais il s'égarait. Comme toujours devant cette carte, son attention s'était fait la malle. Elle flottait déjà sur la Californie, ses plaines de yuccas et ses séquoias géants.

Sid lui manquait. Son empreinte dans l'appartement, qu'elle occupait pourtant depuis deux ans, était quasiment nulle, et malgré cela, son absence saturait l'espace. Elle en modifiait la texture pour en faire une réplique sans intérêt et sans goût. Il balaya la chambre du regard, peu de choses manquaient : quelques fringues, son chargeur, ses papiers, sa trousse de toilette, un vieux guide sur les parcs coréens resté deux mois sur la table de nuit. Elle n'avait pas pris son barda habituel. Ils étaient équipés là-bas, ça la changerait de ses vidéos artisanales (le cadrage selon Sid : un téléphone scotché au fond d'une salle). Elle s'était contentée d'embarquer son étendard, une toile rouge pliée en quatre, pas plus encombrante qu'une serviette de bain. Avec ça et sa playlist, elle pouvait aller n'importe où.

Elle avait bien dû emporter quelques livres, mais lesquels ? Deux des murs de la chambre en étaient recouverts, du sol au plafond : toute la bibliothèque d'Antoine depuis ses quinze ans, plus quelques-uns empruntés à ses parents, ou abandonnés par des amis de passage. Aucun n'était à Sid, pas à proprement parler : elle n'aimait ni posséder ni conserver, encore moins ranger quoi que ce soit, mais elle puisait allègrement dans les rayons, souvent au hasard. Elle aussi était une lectrice compulsive. Elle l'avait été bien avant Antoine, dès ses six ans, et du sérieux : pas le Club des cinq, ni la comtesse de Ségur, non, du pur jus de bénitier. Chez les Le Guérec, la référence pour fillettes prépubères était *Fabiola ou l'Église des catacombes*, genre de Ben Hur version Opus dei.

Il ne connaissait pas la famille de Sid. Il n'avait rencontré que Quitterie, sa sœur, et encore, une seule fois, par hasard, au Carré Saint-Germain. Il savait simplement que son père méprisait la littérature, que c'était pour lui un attrape-bonne femme, une perte de temps pour agités du cervelet, quand ce n'était pas pire. Mais il y avait la bibliothèque du grand-père, celui de la bonne branche, la maternelle, celle qui ne s'appelait pas bêtement Le Guérec mais de Kervaudan – sans majuscule, la particule en jetait un peu plus. Personne, à vrai dire, ne se préoccupait de cette bibliothèque monumentale, à part Marie-Sidonie, la petite dernière. Et la femme de ménage, sommée, tous les premiers mardis du mois, de faire briller les vingt mètres carrés de belles reliures dorées, arrangées, selon le goût de Monsieur, par tailles puis par couleurs. Le livre de poche n'existait pas dans l'univers de la petite Sid.

Le goût du livre, le grand-père l'avait eu. La passion, même : désordonnée, éclectique, honteuse parfois – Sid avait retrouvé, entre deux Péguy, quelques volumes où l'on déculottait des pensionnaires anglaises avec sévérité. Il avait également le goût des affaires, un peu trop malheureusement, et les sommes colossales amassées pendant la guerre grâce à sa papeterie, la plus grande du Finistère, lui avaient été confisquées à la Libération, pour avoir misé sur Rebatet et Brasillach plutôt que sur des tracts antiallemands. On avait eu beau arguer de la neutralité de la cellulose, dire qu'une papeterie n'était pas une imprimerie, encore moins une maison d'édition, le pactole s'était envolé dans les caisses de la République, laissant les Kervaudan sur la paille, ou plutôt sur le granit de leur manoir qu'on avait vendu dare-dare. Le grand-père avait survécu quelques années, assez en tout cas pour écrire et auto-éditer le joyau familial : *Défense et illustration de la présence viking en Finistère*, charabia crypto-fasciste qu'Antoine avait lu à la Bibliothèque nationale sans en parler à Sid.

Sid n'avait donc jamais rencontré son grand-père. Son seul legs tangible était cette bibliothèque massive, taillée dans les chênes de Cornouaille, qui dominait superbement le salon des Le Guérec. On n'avait rien jeté, presque rien ajouté, on s'était contenté d'en modifier le classement auquel, de toute façon, personne ne comprenait rien. Le père de Sid avait opté pour une disposition plus harmonieuse, élégant dégradé courant du sang-de-bœuf au vert chartreuse, dans lequel Sid avait puisé quasi quotidiennement jusqu'à ses dix-huit ans.

Quand il pensait à l'enfance de Sid dans sa grande maison quimpéroise, l'image qui venait à Antoine était celle du *Joueur d'échecs* de Zweig. Elle avait lu tout ce qui lui tombait sous la main, plongeant plus profondément, à mesure que les années passaient, dans l'âme d'un homme qu'elle n'avait pas connu et dont sa mère même n'avait que de vagues souvenirs. La plupart de ses lectures d'alors étaient pour Antoine tout à fait exotiques. Le grand-père, en plus de posséder tout Claudel, Bernanos, Léon Bloy, et même des Balzac dont Antoine n'avait jamais entendu parler, était solidement équipé en bondieuseries, mais pas n'importe lesquelles, le genre hardcore, torturé de la soutane, des gnoses médiévales aux vies de la Vierge. Mais à trop forcer sur la mystique, Louis de Kervaudan avait fini par déraper, accumulant les essais sur le mesmérisme, les romans noirs anglais et d'improbables contes gothiques. Il vouait un culte aux *Mystères d'Udolphe*, dont il possédait l'édition originale en quatre volumes, bel unisson chromatique que le père de Sid avait, grand prince, accepté de conserver tel quel.

Quand il avait rencontré Sid et qu'ils avaient parlé littérature – unique approche qu'il maîtrisait à peu près quand il était sobre –, Antoine avait comparé leurs grands-pères respectifs à Peppone et don Camillo. Sid n'avait pas compris, souri encore moins, elle avait demandé, sans sourciller, ce qu'il sous-entendait. La distance qui le séparait d'elle lui avait alors semblé abyssale, mais il y avait sa voix, ses seins – il n'avait pas encore vu ses hanches, sagement attablés qu'ils étaient – et la précision inhabituelle de ses questions.

Dans les semaines qui avaient suivi, le fossé n'avait fait que se creuser : les boulots improbables de Sid, sa famille intégriste (Quitterie, Mériadec et Marie-Sidonie : fallait-il insister ?), sa franchise excessive. Elle était partout où il ne l'attendait pas, à des années-lumière de ses amours passées. Le jour où il en prit conscience, Antoine lui proposa d'emménager chez lui. Elle sourit, cette fois. Quelques heures plus tard, elle sonnait à l'interphone du 42, rue de Vintimille, avec un sac à dos démesuré, un ampli à roulettes et, soigneusement roulé dans un étui de la Troisième République, un monde entier de forêts boréales.

Faux bond

– Qu'est-ce que c'est que cette connerie, encore ? Des fourmis ?

Vendredi soir. Son frère avait fait le tour du cadran. Il était en pleine forme.

– On se fout de ça, Dan ! Tu as écouté ce que j'ai dit ? Papa m'a bien mis la pression, comme il sait faire, l'air de rien. Il doit l'amener au contrôle technique lundi prochain.

– Il n'a qu'à s'en passer, elle sort tout juste du garage ! Tu peux lui dire de garder son argent.

Antoine se demanda si son frère le faisait exprès. Non, il n'allait rien dire du tout : il ne s'était pas donné autant de mal, depuis l'échouage à République, pour débarquer chez ses parents en déballant toute son histoire.

– C'est bon. Sujet sans intérêt. Je ne vois même pas pourquoi on en parle. Où est-ce que tu veux aller dîner ?

– C'est absurde, cette histoire d'électronique, c'est…

– Laisse tomber, tu veux ! Tu n'as même pas le permis, qu'est-ce que… Je vais me débrouiller. Changeons de sujet, d'accord ?

Ni l'un ni l'autre n'avait envie d'aller dîner dehors. Dan descendit acheter du vin pendant qu'Antoine préparait des pâtes au pesto, recette qui ne les avait jamais déçus et, à moins d'une rupture de stock, inratable. Certaines choses étaient immuables, après tout.

De petites bulles touchaient la surface de l'eau, échappées du fond de la casserole. Combien de temps son frère pensait-il rester ? L'image de Dan affalé dans le canapé du salon, mêlée à l'odeur du basilic industriel, avait quelque chose d'incongru mais de réconfortant, comme une nostalgie étrange, artificielle – ils n'avaient jamais vraiment cohabité, pas en tant qu'adultes du moins. Même en Bretagne, ils faisaient résidence séparée : par un grotesque droit d'aînesse, Dan s'installait avec Audrey dans la dépendance en bas du jardin, laissant la grande maison à ses parents et à son frère. À l'arrivée de Sid, les règles n'avaient pas changé. Cela ne gênait pas Antoine, il aimait davantage les larges pièces du haut.

À Paris, Dan et lui avaient partagé une chambre pendant quinze ans, non pas qu'on manquât de place, bien au contraire, mais toutes les autres pièces étaient déjà employées à des usages divers : bureau, bibliothèque, deuxième bureau, chambre d'amis. Il y avait, solidement ancré chez leurs parents, un côté *vraie vie*, des convictions éducatives, et même morales, gênées aux entournures par ce splendide huit-pièces du dix-septième arrondissement. L'histoire de la cuillère en argent, ou de la fourchette, on ne savait plus trop – sa mère confondait, elle disait « fourchette dans le cul » pour les faire rire, contraction sans doute avec le balai qui, bien souvent, allait de pair avec l'argenterie. Pour un fils de cheminot et une fille de coiffeuse, avoir leurs deux enfants dans la même chambre, c'était une forme de résistance, une manière illusoire mais émouvante d'honorer le souvenir de cette vie où on avait tout de même habité Cergy et voté Mitterrand.

Lorsque Dan était entré en prépa, il avait emménagé au septième dans une petite chambre – on ne disait pas *chambre de bonne* chez les Thérieux – où Antoine, collégien morveux, n'était plus le bienvenu. Il avait alors récupéré l'immense pièce pour lui seul, rapproché les lits jumeaux, remplacé deux ou trois affiches, et ça avait été la fin de leur vie commune. Il continuait à voir son frère, bien sûr, le soir pour le dîner ou parfois le week-end, mais Dan était loin maintenant, de l'autre côté, basculé en un été dans la vie d'adulte, les concours, les soirées et les chambres qui ferment à clé. Antoine en avait longtemps voulu à ses parents. Il ne lui était pas venu à l'idée, en revanche, de reprocher quoi que ce soit à son frère : comme tout modèle, il était nécessairement inégalable, irréprochable, indépassable. Antoine la connaissait bien, cette longueur d'avance : entrer en maternelle quand son frère en sortait, idem pour le collège, même chanson pour le lycée, à peine le temps de le rejoindre que, déjà, il s'en allait. Quatre ans d'écart. Est-ce que ce genre de décalage finissait par se tasser ? Les petits cessaient-ils, un jour, d'être petits ?

La soirée avait été bonne. Antoine referma la porte du salon, le ventre plein, légèrement euphorique. Il était heureux de voir son frère disposer le sac de couchage sur le canapé comme si c'était une habitude, heureux de l'entendre allumer, puis éteindre, la radio du grand-oncle dans la salle de bains, et de se dire que, le lendemain, samedi, il l'emmènerait petit-déjeuner sur une des terrasses de la place Toudouze.

Il devait être sept ou huit heures du matin lorsqu'il s'aperçut de l'absence de son frère. Sur la table de la cuisine se trouvaient une baguette encore tiède, un ananas et trois post-it bien alignés :

Je pars à Dieppe. On se voit dimanche ?

L'argent pour la voiture est dans l'entrée.

Ne t'inquiète pas pour la thèse, ça va le faire.

Sur la console indienne, en effet, était posé un petit tas de billets. Trois mille euros. Tout net. Jamais Antoine n'avait eu autant d'argent entre les mains. Jamais quiconque de normal n'avait eu autant d'argent entre les mains. C'était irréel, ces trente billets, ça n'existait que dans les films ou les parties de Monopoly.

Il relut les trois messages de Dan. Une colère montait en lui, une colère de gamin, l'envie de trépigner, de casser quelque chose ou de tirer les cheveux très fort. Bien droit, face à lui, l'ananas le narguait : *petit, petit, raté ; petit, petit, raté ; tu n'iras pas, pas, pas petit-déjeuner*. Il se sentait humilié, déçu, abattu d'un seul coup par une solitude sans nom, avec cette liasse ridicule au bout des doigts.

Mais qui possédait trois mille euros en liquide ? Est-ce que Dan les avait retirés, la veille, quand il était descendu acheter le vin, ou ce matin, avant de déserter ? Pour un montant pareil, les distributeurs étaient plafonnés, mais son frère devait avoir une carte de caïd, une master truc ou une golden machin, la grosse artillerie pour mâle alpha avec miles d'avion et rapatriement cinq étoiles.

Antoine lutta contre l'envie d'éclater l'ananas contre le mur de la cuisine. Il se vengea sur le bouton de la bouilloire et attaqua la baguette, désormais froide, en pianotant fébrilement.

T'es là ?

Dans le train pour Sejong.
Copie conforme des TGV !

Je retire tout ce que j'ai dit hier.

?

Sur mon frère.
Connard.

On s'appelle ?

Pas envie :(

?

Il s'est barré.
Il est parti acheter du pain !
En Normandie.
Pour le WE.

Dispute ?

Il a laissé 3 000 balles.
Et un ananas de merde.

De rage, Antoine prit la table en photo : ce qui restait de la baguette, l'ananas et l'argent. Il l'envoya à Sid.

C'est quoi le problème ?

Le problème ? Il ne savait même pas par où commencer. Par dire, peut-être, combien les coups de tête de son frère l'insupportaient depuis toujours : ce côté imprévisible, flamboyant, qui raflait tout sur son passage. Est-ce que c'était si difficile de le prévenir, de frapper à la porte de sa chambre pour l'avertir, au lieu de filer à la boulangerie et de bafouiller trois papiers ridicules ? Et l'ananas ? C'était tout Dan ça, trouver le détail bien absurde, court-circuiter le premier degré et changer de sujet en se gardant au passage le meilleur rôle. Qu'est-ce qu'il voulait qu'il foute d'un ananas, tout seul, à Paris, le week-end du 14 Juillet ? Il n'avait même pas un couteau assez grand pour le trancher, et de toute façon il n'aimait pas ça, les pelures piquantes, du jus partout, les doigts tout collants de sucre. Il n'allait tout de même pas écrire ça à Sid.

Le coup du dernier moment.
Partir comme ça, sans prévenir.

Vous aviez prévu quelque chose ?

Antoine commença à répondre puis effaça le début de sa phrase. Non, rien de prévu. Ils avaient parlé de la voiture, de sa thèse, de leurs parents aussi, sans trop s'étendre, mais ils n'avaient pas évoqué la suite : ni les plans pour le week-end, ni ce que Dan était venu faire à Paris, rien de tout cela. Le petit-déjeuner au soleil, le week-end entre frères, pourquoi pas descendre jusqu'à La Fresque, lui présenter Laurent, et ensuite se balader sur les quais, tout cela n'était que le produit de son imagination à lui, il n'en avait pas parlé, mais ça coulait de source, comme une télépathie ancienne qui, à l'évidence, avait complètement foiré.

C'est chiant, c'est tout.
Faire faux bond comme ça.

Techniquement c'est le contraire.

?

Faire faux bond = partir sans payer.

J'avais rien demandé !

C'est pour quoi les 3 000 ?

La voiture.

3 000 euros de fourrière ???

Je te raconterai…

Plutôt sympa de sa part…

C'est pas la question !

Peut-être que si ?

On s'appelle ce soir ?

Compliqué ce soir. Demain ?

OK

Chez Lacan, ananas = intrusion.

Sérieusement ?

À ton avis ! 사랑해

On the road again, again

Quinze heures. La rue de la Marseillaise était déserte. La veille du 14 Juillet, Antoine trouva ça drôle. De toute façon, la fête nationale n'intéressait personne cette année-là, l'attention générale était fixée sur la finale de la Coupe du monde, quasiment dans la poche, *in the nose*, la peau de l'ours croate déjà soldée. Demeuraient le plaisir de l'attente et le frisson, quand même, au cas où les choses tourneraient mal.

Il avait pris le métro, cette fois. Avec la canicule qui s'installait, hors de question de se taper la traversée de Pantin. La ligne 5 était parfaite : station Hoche, à peine une heure depuis la Bibliothèque. Au garage, tout se déroula remarquablement, la facture l'attendait, la voiture aussi, nettoyée, rutilante, à l'ombre d'un marronnier en fleur.

2 435 euros, tout de même. Antoine avait redouté des questions, des complications – était-ce même légal de payer en liquide ce genre de montants ? –, mais personne n'objecta

quoi que ce soit : parfait, monsieur, au plaisir, et bonnes vacances, vous de même, monsieur. Rien. La routine du cash derrière la caisse, l'habitude des combines au-delà du périph ? Antoine se traita de gros con. C'était la deuxième fois en moins d'une heure – il avait resserré les doigts sur la liasse de billets en voyant les types attroupés à la sortie du métro. Comme quoi, dix ans de ZEP et l'intégrale de Bourdieu ne pouvaient pas tout.

Restaient environ six cents euros. Pas mal. Assez, en tout cas, pour des madeleines. Les deux boulangeries du boulevard étaient fermées, rideau de fer et pancarte. L'option la plus luxueuse était donc le Franprix et son rayon goûter. Antoine choisit le paquet le plus cher, des pur beurre emballées individuellement, sans conservateur ni rien, la Rolls de la madeleine industrielle. Thierry-Gardiennage méritait bien ça. Il avait hésité un moment à lui proposer de l'argent, mais non, il laissait ça à Dan.

La fourrière avait l'air fermée, pas âme qui vive, comme si tout le quartier avait plongé en apnée sous la chaleur de plomb. Radio allumée dans sa petite cahute, Thierry-Gardiennage sifflotait *Place des grands hommes*, dans le ronronnement du ventilateur. Bob usé sur la tête, avant-bras au hâle musculeux, deux ou trois boules d'herbes sèches roulant dans la poussière (à moins que ces connes de fourmis n'aient déjà tout bouffé), on y était : Sergio Leone, l'homme à l'harmonica… La conversation fut joyeuse, mais expéditive : ils n'avaient pas grand-chose à se dire, rien en fait, mais Antoine repartit heureux, soulagé d'une demi-tonne de tôle et de tracas.

Vous avez mon numéro, maintenant. Faut pas hésiter. Et la double file en longue durée, vous évitez la prochaine fois, hein !

La suite lui sembla d'une simplicité enfantine. Jamais trajet ne lui avait paru plus facile, jamais Paris si vide. Il était seul sur la rocade, il aurait pu slalomer entre les voies, gauche droite, gauche droite, avec de beaux arrondis, mais il pensa aux caméras de surveillance : il devait y en avoir partout, pas le moment de se faire choper. Question emmerdements automobiles, il avait assez donné.

Même le bip du garage de ses parents fonctionna. Pas de pression, aucun klaxon. Le thé était délicieux, son père, comme sa mère, d'excellente humeur, à peine eut-il à bredouiller quelque chose pour la voiture (amis d'amis, gros meubles, Bourgogne). Il leur montra les photos envoyées par Sid, commenta la Coupe, avala la moitié d'un cake au citron et accepta même de faire un aller-retour en Bretagne, « juste pour voir si tout allait bien ». Il leur devait bien ça après tout. Ils s'étaient montrés raisonnablement lourds à propos de sa thèse, et son père n'était même pas descendu inspecter la voiture. Dan avait raison, il allait mieux. Ils allaient mieux tous les deux. On n'avait pas parlé de Dan d'ailleurs, ses parents savaient-ils seulement qu'il l'hébergeait ?

L'appartement rue de Vintimille baignait dans une fraîcheur reposante, rideaux tirés depuis deux jours. Affalé au milieu du salon, Antoine considérait, sidéré, le cours de sa journée : de sa rage matinale, il ne restait plus rien, évaporée, disparue. Sa conversation avec Sid lui paraissait ridicule à présent, sans objet : des jérémiades de gamin à qui on retirait son jouet. Quoi qu'il en dise, Dan l'avait bien tiré d'affaire. Plus d'argent à trouver, finies les galères de voiture, terminé le vaudeville. La rédaction de la thèse avançait. Soixante pages en dix-sept jours. Il avait même de l'avance sur son programme grâce à une politique d'austérité exemplaire, à l'allemande : rigueur, assiduité, zéro commande – Dieu sait pourtant s'il avait été tenté par le *Dictionnaire 1973 des ministres, députés et sénateurs français*. Il reprenait la main. Abscisse, ordonnée : boucler la thèse, retrouver Sid.

Son frère avait prévu de revenir de Normandie le lendemain. Faire le ménage, un peu de rangement, mettre l'appartement en ordre de bataille pour leur première semaine de cohabitation. Antoine ouvrit grand les fenêtres, brancha les enceintes et s'attaqua à la cuisine. Un agréable courant d'air traversa les pièces.

Oui, c'était bien grâce à Dan, grâce à ses billets de mafieux et ses manières de brute qu'il bondissait maintenant dans le salon, sac-poubelle à la main – *another one bites the dust, hey hey*. Même s'il avait viré connard première catégorie, Dan avait conservé son pouvoir magique sur les emmerdes. Un vrai truc de génie, genre femme coupée en deux ou imposition des mains, et en trente ans rien n'avait changé : liquider les exos de physique, enfumer la prof de solfège, garder la veilleuse allumée toute la nuit, l'accompagner jusqu'à la grille du collège, convaincre les parents pour Barcelone, prêter son polo Killed Kenny, choper le numéro de Marjorie Revol, renflouer sa réserve de boulics. Laisser trente billets sur la console de l'entrée. Un vrai grand frère.

Le dimanche, Antoine acheta deux douzaines d'huîtres à la poissonnerie de la rue des Martyrs, la chic, celle aux aquariums de faïence. Il s'arrêta, en remontant vers Pigalle, chez le quatrième lauréat de la meilleure baguette de Paris et pensa même aux citrons bio. Il avait des manières, lui.

Mais le soir, quand Dan rentra, ni l'un ni l'autre ne surent comment ouvrir les huîtres. Ils avaient beau s'en envoyer des kilos chaque été, entre le rocher et l'orgie les étapes leur échappaient. Ainsi allait la vie, là-bas, à l'ouest : mystérieuse et facile, comme dans un livre, bourrée d'ellipses et de non-dits. Le linge sale qui revenait tout propre, les cartes de bateau sorties des poches comme par magie, les additions réglées, les bières dans le frigo, le pain du matin, le matériel de plongée étendu tous les soirs… La féerie parentale (*Tu ne vas pas t'embêter avec ça !*). Résultat : deux assistés, réduits à écumer YouTube pour ouvrir deux douzaines d'huîtres.

La première vidéo n'était pas claire du tout. Il était difficile de distinguer le sens dans lequel prendre le coquillage, et le couteau n'avait rien à voir avec le spécimen d'Antoine, long et pointu comme une dague. L'huître-test finit massacrée dans l'évier. La suite fut un peu plus encourageante mais Dan, qui s'était imposé aux commandes, tenait absolument à appliquer le moindre conseil, cherchant la touche « pause » de ses doigts maculés d'écailles.

Antoine était exaspéré. La moitié du pain de seigle dans l'estomac, il n'avait déjà plus faim. Précipitation, énervement de la dernière ligne droite : il poussa son frère et s'empara du couteau. La lame ripa. Droit sur la paume gauche. Il hurla comme un damné, plié en deux. Quand Dan vida la bouteille de blanc sur ses doigts ensanglantés, il se retint de le frapper. Le sol de la cuisine n'était plus qu'une immense flaque de muscadet, il était trempé, du tee-shirt aux chaussures, dans l'odeur atroce des cuites de ses années lycée. Il plaça sa main sous le robinet, le sang avait quasiment cessé de couler.

– Qu'est-ce qui t'a pris ?

Mais Dan interrogeait déjà son téléphone. Pour Michel Cymes, la première chose à faire était de passer la plaie sous un jet d'eau froide, avant de la désinfecter et de la bander de gaze stérile – un des collants de Sid ferait l'affaire. Dan aida Antoine à se changer et ils s'attablèrent enfin, loin du désastre, sur le grand coffre du salon. Ils dînèrent devant des vidéos d'accidents domestiques.

Par la porte de la chambre, Antoine, déjà couché, entendit Dan crier :

– Au fait, je m'occupe de la cuisine.

– J'espère bien !

– Et… Antoine ? Heureusement que c'est la gauche…

– Hein ?

– Ta main. Pour la thèse…

Antoine sourit en éteignant sa lampe de chevet. Dan pensait-il sérieusement qu'il rédigeait tout à la main, tocard bien appliqué, sur des cahiers à spirale ?

C'était la deuxième fois qu'Antoine prenait de la codéine. La première, ça avait été pour une dent arrachée. Il n'avait rien senti : aucune douleur, pas même une gêne quand le burin avait percé l'émail, rien non plus quand le plomb avait coulé dans sa mâchoire. Les bruits, les gestes étaient terrifiants, tout indiquait qu'il était littéralement en train de se faire casser la gueule, mais lui restait tranquille, avachi, à contempler l'immense labrador vert fluo accroché au mur en se demandant si, oui ou non, sa dentiste était lesbienne. La codéine venait en renfort pour être prêt lorsque les effets de l'anesthésie locale se dissiperaient. *N'attendez pas la douleur, anticipez, un toutes les quatre heures*. Évidemment il avait attendu, pour voir : quatre heures quinze, quatre heures trente… Il avait morflé.

Qu'est-ce que Dan foutait avec une tablette à moitié vide de codéine ? Ce genre d'antidouleurs faisait un carnage aux États-Unis, on en prescrivait pour des trucs mineurs, mal de dos, rage de dents, et ça dégénérait complètement. Les gens devenaient carrément dingues, ils augmentaient les doses, se faisaient virer de leur boulot, perdaient leur famille, volaient leurs potes, tout ça pour crever n'importe où, au volant, dans la rue, dans leur sommeil, dans leur jardin. Les caméras de surveillance enregistraient des scènes surréalistes, atroces : des mères qui s'écroulaient derrière leur caddie, sous les cris des gamins, des passants s'effondrant comme des mouches sur le trottoir…. Du Stephen King en version *real life*. Antoine avait vu un reportage là-dessus.

C'était donc la deuxième fois qu'il en prenait, et sur les conseils de Dan. Résultat : un long cauchemar, entrecoupé de vomi – il en avait pris deux, parfaitement con, il n'avait même pas mal. Une sorte de purge du corps et de l'esprit, radicale, et assez dégueulasse. Son rêve, surtout, ne l'avait pas lâché, revenant à la charge après chaque aller-retour à la salle de bains.

Patrick Bruel se tenait devant lui, nu jusqu'à la taille, affublé seulement d'un petit boléro, de ceux qui se nouent au niveau du nombril, dans le style espagnol. Le chanteur vociférait des ordres dans une langue inconnue, harcelant un groupe dont Antoine ne faisait pas partie, mais auquel il se sentait confusément relié. Les seuls mots qu'il parvenait à saisir étaient « à gauche », « à droite », hurlés sans relâche, sans qu'il comprenne leur signification. Échappant à la surveillance, Antoine prenait la fuite, suivi par d'autres, au début, puis seul : ses compagnons de cavale tombaient, les uns après les autres, dans les filets de Bruel – désormais armé d'un trident de gladiateur – et de ses sbires déchaînés. Acculé, Antoine se réfugiait à la Bibliothèque, mais tout était devenu gigantesque, comme si le monde, dopé au calystène comme dans *L'Île mystérieuse*, avait grandi d'un coup : étages pharaoniques, couloirs interminables, tout, les rangées de tables gigantesques, même les chaises, ces énormes chaises en bois clair, étaient impossibles à gravir. Bruel hurlait de rage au-dehors : il n'avait pas de carte du rez-de-jardin. Antoine n'était pas en sécurité pour autant, il était piégé, la percée des assaillants n'était qu'une question de temps, il le savait.

Caché derrière la machine à café de l'aile ouest, il attendait, certain d'être débusqué mais espérant encore. Stupidement. C'est alors qu'une main secourable s'était posée sur son épaule : son directeur de recherche, peu vêtu lui aussi, mais couvert de tatouages sud-américains (têtes de mort, danses macabres), le rassurait. Mais ce n'était plus son directeur, déjà, c'était un gros dur à présent, un costaud, Bernard Lavilliers apparemment, lequel, alors qu'il ouvrait la bouche, se fissurait, coquille sèche et vide, avant de s'effondrer totalement. Lorsque enfin Patrick Bruel, écumant de rage, parvenait à forcer l'enceinte de la Bibliothèque, Antoine ramassait en pleurant les restes épars et fumants de Bernard Lavilliers. Il était trop tard. *Tout était joué.*

À cet instant, Antoine sursauta, en sueur, dans le fracas du camion poubelle. Il ne se souvenait que de cette phrase, *tout était joué*, aussitôt engloutie par sa conscience réveillée.

Les questions

– Audrey a appelé.

Pas de réaction, même pas un mouvement. Antoine poursuivit :

– Elle te cherchait. Tu ne lui as pas dit que tu étais à Paris ?

– Si.

– Ça n'avait pas l'air très clair. Tu devrais peut-être la rappeler ?

– Oui.

– Ça va ?

– Oui.

– Et… le boulot, ça va ? Ça se passe comme tu veux ?

Grognement vaguement affirmatif.

– Je n'insiste pas, alors.

– Non.

Il se passait quelque chose. Des années qu'Antoine avait renoncé à comprendre son frère, mais là, c'était plutôt limpide : il n'allait pas bien du tout. La première semaine s'était déroulée sans heurts, cahin-caha, comme disait leur mère. Un compagnonnage pépère, fait de pizzas quatre fromages, de café lyophilisé et de tours de salle de bains. Ils étaient sortis, à La Fresque d'abord, puis, une autre fois, dans un pub bruyant du boulevard des Italiens. Dan était retourné en Normandie pour le week-end, il n'avait pas acheté d'ananas cette fois : le premier trônait toujours sur la table de la cuisine, il terminerait probablement à la poubelle à la fin de l'été, à moins que Sid ne s'en occupe quand elle rentrerait, en les traitant de manchots dégénérés.

Antoine ne se posait pas de questions. Il quittait son frère le matin, rejoignait docilement la Bibliothèque où, à la T32, il accomplissait son sacerdoce. Au retour, il traversait Paris à pied, longeant le Jardin des Plantes, l'Institut du monde arabe, contournant Notre-Dame avant de remonter, rive droite, au petit bonheur. Le tout prenait environ deux heures, Antoine n'était pas pressé. La routine du début de soirée prolongeait celle de la journée : les heures coulaient, engourdies, dans un silence entrecoupé de musique, de radio et de bribes de conversation. Une solitude améliorée. L'équilibre qu'il avait trouvé lui semblait miraculeux, existence prévisible et réglée lui rappelant l'époque bénie du Costa Café. Il reprenait des forces, repartait chaque matin avec davantage de confiance, à mesure que la montagne s'érodait, lentement, page après page. Le néant de son quotidien lui allait à ravir.

La révélation lui tomba dessus, à la Bibliothèque, alors qu'il fixait son gobelet. Le café déborda (cela n'arrivait jamais) et lorsqu'il glissa bêtement sa main dans la machine, le jet brûlant, coulant sur sa plaie, lui arracha un cri. Bernard Lavilliers était là, soudain, devant lui, vision fugace, réminiscence de son rêve oublié, tout comme sa blessure, cicatrisée et indolore, qui, à présent, lui faisait atrocement mal. Une fille, derrière lui, tenta de lui venir en aide. *Oups, ça doit faire mal, ça.* C'est ce qu'elle dit. Une heure plus tôt, l'ordinateur d'Antoine avait planté, avec la même exclamation : *Oops ! Something went wrong. This page did not load Google Maps correctly.*

Le trajet du retour fut plus long, ce jour-là. Il déambula sur l'île de la Cité, revint rive gauche, longea la Seine jusqu'au pont Alexandre-III. Il mit plus de trois heures à rentrer chez lui. Il repensait à la fille de la machine à café et au message du moteur de recherche.

Oops.

Something went wrong.

Son frère n'allait pas bien…

Du tout.

Il buvait trop.

Il lisait *Le Monde*. Quotidiennement. Sans critiquer, sans rien dire d'ailleurs.

Wrong.

Il ne se rasait qu'un jour sur trois.

Il ne parlait de rien.

Il interrogeait Antoine sur ses recherches.

Il ne l'énervait pas.

Wrong, wrong, wrong.

Et il l'avait entendu certains soirs chuchoter dans le salon.

Antoine n'avait pas su quoi dire à Audrey. Il était plus surpris qu'elle, d'entendre sa voix déjà (ils ne s'étaient jamais appelés, elle n'était même pas enregistrée dans son répertoire), et puis par sa question, qui sentait le sapin à des kilomètres : Dis, tu aurais des nouvelles de ton frère ? Tout de même, deux semaines que Dan était là : qu'est-ce qu'il avait foutu ?

Qu'est-ce qu'il aurait bien pu répondre ? C'était Audrey, quand même. Il ne l'aimait pas beaucoup, mais elle n'était pas la première emmerdeuse venue. Elle habitait chez Dan, avec Dan même, depuis cinq, six ans, peut-être plus, un vrai couple, quoi ! Oui, son frère était à Paris. Il allait bien. Oui, il la rappellerait. Attends, Audrey ? Je ne t'entends plus, là. Audrey ? Pitoyable, enfin, moins que son frère. Dan n'avait pas parlé d'elle depuis son arrivée, à part en deux mots chez les parents, le premier soir, disant qu'elle bossait comme une dingue, qu'elle allait très bien…

Antoine pensait que son frère profiterait des week-ends pour faire l'aller-retour à Londres, mais visiblement, il préférait la Normandie. Qu'est-ce qu'il allait faire là-bas, d'ailleurs ? Antoine n'avait posé aucune question sur rien, occupé qu'il était à maintenir son microbiote monotone et studieux. Dan avait parlé d'amis qui l'hébergeaient. Qui étaient-ils ? Est-ce qu'Audrey les connaissait ? Antoine se sentait minable, mesquin, enfermé dans sa petite bulle de travail à la con.

Il n'avait même pas remercié son frère pour les trois mille euros. Trop honteux. À présent, il avait honte d'avoir eu honte.

Il devait partir en Bretagne le lendemain. Il l'avait promis à ses parents, ça créerait un mini-cataclysme s'il reportait son voyage. Mais laisser Dan trois jours dans cet état lui semblait impossible. Qu'est-ce qu'il ferait tout seul, ici ? Ou pire, dans sa retraite normande ? Il connaissait son frère, l'approche frontale ne donnerait rien. Même pas la peine d'essayer, ils finiraient probablement par se fâcher et Dan par disparaître. C'était ce qui avait dû se passer avec Audrey. C'était ce qui se passait toujours.

À l'ouest

Le hall 3 de la gare Montparnasse correspondait tout à fait à l'idée qu'Antoine se faisait de l'enfer : un espace d'épouvante, à mi-chemin entre l'exploitation laitière et le camp de réfugiés, hanté de créatures bleu-mauve et de quidams à deux doigts de l'effondrement nerveux. Le train le moins cher partait en plein après-midi de cette improbable gare dans la gare dont il ne soupçonnait même pas l'existence : Montparnasse-Vaugirard.

Il avait manqué de s'étouffer avec son suédois bacon en lisant au bas de son billet : *Merci de vous présenter à la porte d'embarquement 45-60 minutes avant le départ de votre train*. Il avait aussitôt envoyé une série de messages hystériques à son frère, fait comprendre à la bibliothécaire qu'il abandonnait la T32 pour une urgence, et quitté la BNF en trombe. Ligne 6, direct. C'était sans compter les cinq cents mètres de couloir bétonné qui l'attendaient à Montparnasse.

Remontant les artères de la gare, il n'avait aucune idée de sa destination, malgré l'exaspérant fléchage *traveler friendly* censé détendre tout le monde avant l'arrivée dans la bétaillère – œuvre de la même équipe sans doute qui, depuis dix ans, invitait les usagers à se taper dans le dos quand le train démarrait. Antoine n'avait toujours aucune nouvelle de Dan, ils devaient se retrouver sur le quai quinze minutes avant le départ.

Par ici. Par là. Tu chauffes ! Encore un effort. Tu brûles ! On y est presque. C'est parti ! ! Les grands panneaux se succédaient. Affligeants. D'autant qu'une fois sur place, c'était une marée d'enfants en pleurs, de voyageurs hagards, aucun écran d'information, des files d'attente menaçantes : un vrai carnage. Antoine consulta son téléphone tout en parcourant le chaos du regard et aperçut enfin, soulagé, son frère, à trois mètres de lui. Tranquillement assis, tablette sur les genoux.

– Tu n'as pas eu mes messages ?

– Pourquoi ?

– Ça fait longtemps que tu attends ?

– Je voulais déjeuner ici.

– Où ça ?

– Là.

Antoine ne releva pas. Pas le moment de commenter l'absurdité de la réponse, ni les trois paquets de gâteaux éventrés sur la valise. Dan était arrivé avec deux heures d'avance pour vider le rayon snack du Relay : on verrait ça plus tard. D'invisibles haut-parleurs leur beuglaient de passer les contrôles. Il fallait montrer patte blanche : dégainer sa carte d'identité et justifier d'avoir bien payé pour 1 bagage supplémentaire payant, 2 bagages supplémentaires gratuits, 0 poussette, 1 prise électrique, 0 service d'info par SMS et 0 animal de + de 6 kg.

Le wagon, heureusement, était tout à fait ordinaire. Antoine en savoura la quiétude, laissant son pouls se calmer et la sueur couler le long de sa colonne. Les derniers immeubles de Vanves disparaissaient derrière la vitre, bientôt ce seraient les deux tunnels, puis les champs d'éoliennes et la route de l'Ouest, celle des vacances. Trois jours en tête à tête avec son frère et son ordinateur. Il n'avait pris aucun livre, rien qui puisse le distraire. Il devait garder le rythme, surtout : écrire le matin, cinq ou six heures, avant la relâche – plage, balade, dîner léger, pas trop d'alcool pour être d'attaque le lendemain. Dan allait bien finir par rompre la glace et lâcher quelque chose. Pour l'instant, ça n'avait pas l'air de le soucier : il avait pris ses aises dans un large fauteuil, à l'écart, un des seuls restés inoccupés. Les sièges n'étaient pas disposés comme d'habitude. Un et trois, contre deux et deux dans n'importe quel train : encore un coup des gros malins du fléchage, dans le genre disruption lourdaude. Tout ce qu'on y gagnait, c'était un double sentiment de claustrophobie et de jalousie féroce envers l'heureux élu assis à l'écart de la masse compressée. En l'occurrence, Dan. Qui s'endormait déjà, assommé par les doses ahurissantes de sucre qu'il venait de s'envoyer.

Antoine alluma son ordinateur pour relire son sous-chapitre en cours, qu'il avait dû abandonner en même temps que son sandwich avant de quitter la salle T en piquant le sprint du siècle. Il avait quasiment terminé.

Relativement tolérants au tournant des années 1960 à l'égard des revues naturistes, le plus souvent publiées par des associations, les commissaires voient d'un œil inquiet la multiplication des magazines qui, « prenant comme prétexte la défense du naturisme ou un but artistique, proposent de nombreuses photos de nus ».

Antoine pensa aux expressions de son père, celles qu'il employait pour les faire rigoler quand ils étaient gamins : Et si on enlève le slip qu'est-ce qu'on a ? Un… ? Un… ? Un à-poiliste con-vain-cuuu ! Et ça va où les à-poilistes ? Au bainnnnn !

Dan ronflait maintenant. Le souffle qui s'échappait de ses narines était discret : c'était le même depuis toujours, un sifflement ténu et régulier. Antoine reprit son chapitre.

À l'heure où le corps se dévoile, où le bikini investit les plages et la minijupe la rue, le Cartel d'action morale et sociale mène une campagne de mobilisation, sous la houlette du conseiller à la cour d'appel de Colmar, Gaston Lablatte.

Quand même, Gaston Lablatte, le gars était programmé pour devenir un emmerdeur, avec un nom pareil. Est-ce que les gens l'appelaient « Maître Lablatte », à la barre ? Pas étonnant qu'il ait viré cinglé. En même temps, à Colmar…

Il tapa Gaston Lablatte dans le dictionnaire en ligne de la magistrature.

Gaston, Gregor, Désiré Lablatte (1898-1969)

C'était tout.

Gregor, en deuxième prénom ? Sérieusement ? Le père devait être un pervers fini pour appeler son fils comme la blatte monstrueuse de Kafka. Antoine voyait déjà la mère (avait-elle lu *La Métamorphose* ?) supplier son époux : Non, non ! Mon petit, mon tout petit chéri ! Appelons-le Aimé (non ! Gregor !) ou Désiré ? (non ! Gregor !) ou Gaston ? Ah, la grosse maligne, Gaston Doumergue était le seul homme politique à trouver grâce aux yeux de son mari. Allez, va pour Gaston, on garderait les autres pour l'état civil. Pauvre Gaston Lablatte, pas vécu très vieux : mort en 1969 à soixante et onze ans. Il avait dû casser sa pipe en tombant sur les fesses de Julien Clerc dans *Hair*, à la devanture des kiosques. Apoplexie directe : raide mort sur le pavé de Colmar. Et paf, la blatte.

Et voilà, l'esprit d'Antoine avait encore taillé la route. C'était plus fort que lui. S'il ne respectait pas scrupuleusement sa discipline, il était sûr de partir en vrille. Et s'il avait accès à Internet, c'était la débâcle assurée : de fil en aiguille, de lien en lien, il se perdait en extravagances et scénarios magnifiques qui, bien entendu, à l'arrivée, ne produisaient pas la moindre ligne. Il avait raté sa vocation, il aurait dû être flic, ou détective privé, ou feuilletoniste même. *Les Incroyables Aventures de Gaston Lablatte* : là, il n'aurait pas empilé des paragraphes comme un bagnard, ni rien forcé, ni justifié quoi que ce soit – sans déconner, 2 264 notes de bas de page…

L'arrêt du tribunal correctionnel de Grasse entend endiguer un mouvement de libération des corps dont l'audience demeure, aux yeux de la cour, encore minoritaire. « En France, déclare le juge, dans l'état actuel de nos mœurs, le spectacle d'une femme s'exhibant la poitrine entièrement nue dans les rues d'une ville, même à proximité d'une plage, est de nature à provoquer le scandale et à offenser la pudeur du plus grand nombre. »

Antoine regardait Dan, endormi, la tête appuyée contre la fenêtre. Même quand il était relâché, avachi et bavant, les contours de son visage restaient nets, comme pixellisés. Le nez, surtout : grand, royal, un nez d'amiral ou d'aviateur. Dan n'avait pas la classe, il *était* la classe même, incarnée avec nonchalance et – éblouissement de toujours – une indifférence absolue. Audrey était semblable, au fond, l'abandon en moins : plus que belle, et nette, elle aussi, structurée, comme en deux dimensions. C'est ce qui avait frappé Antoine lorsqu'il l'avait rencontrée : elle et Dan, l'accord parfait, le même roc. Évidents.

Au début de l'hiver 1965, l'affaire du monokini connaît un ultime rebondissement.

Sid serait pliée en deux.

Il lui dirait aussi pour Lablatte. Elle adorait ce genre de truc. Antoine referma son ordinateur. Le sous-chapitre était quasiment fini, il le reprendrait demain. Il nota : *Ajouter quelques pages sur le Cartel/caser jurisprudence de Cassis sur poils pubiens/transition réforme 1967.*

Heureusement, sur l'île, l'internet était merdique.

Le magnifique

Antoine chercha, en vain, le wagon-bar. La compagnie low-cost avait jugé bon de supprimer l'unique distraction à même d'égayer les trois heures de trajet depuis Paris. Dans son sac, un spéculoos réduit en miettes, deux comprimés d'Acérola Plus 500 et le numéro de *Chroniques de la Bibliothèque nationale* d'avril-juillet 2018.

Et ils n'avaient même pas dépassé la gare du Mans…

Il se rassit à sa place et se tourna vers la fenêtre. Est-ce que son frère avait quitté Audrey ? Ou c'était elle qui était partie peut-être ? Non. Pourquoi aurait-elle pris de ses nouvelles, sinon ? Ça avait l'air d'aller entre eux, la dernière fois, rien à signaler – à part, évidemment, cette histoire de gamin. Une rupture temporaire, alors ? Ou un crash définitif ? Il ne savait rien de la vie d'Audrey et Dan, il en connaissait les grandes lignes, les points saillants, le factuel : qui, où, comment, quand, mais tout le reste lui échappait. Dan était pour lui une sorte d'âme perdue, fourvoyée, surtout, depuis sa traversée de la Manche. En attendant son éventuelle expiation (qui pour y croire encore ?), il avait appris à se désintéresser de lui.

Il avait cru à une blague, au début. Une mauvaise. Si quelqu'un était inapte à jouer les golden boys, c'était bien son frère. L'imaginer brasser des millions en trois-pièces marine dans un gratte-ciel de la City ? Ça paraissait contre-indiqué, presque contre nature. Comme la vodka et les médocs, le sucre et le café. Il n'avait pas senti le moment où le vent avait tourné, où les choses s'étaient mises à devenir sérieuses, réelles, où, lorsque Dan prononçait les mots *coopétition*, *task force*, *process* ou *implémenter*, il ne fallait plus rire mais commencer à pleurer. C'était sa vie à présent, celle d'un *chief data editor,* qui avait ses traits, qui en gardait même le génie, mais qui n'était plus lui, comme un simulacre éventé de lui-même, une version pour du beurre.

S'il était honnête, Antoine n'avait rien vu venir non plus, le concernant. La fac, le Concours, parce qu'il le fallait bien, les premiers postes et la recherche en parallèle, parce que tout de même, le secondaire ça allait deux minutes, et puis ça en jetait une thèse sur les bouquins pornos. Il disait ça pour épater la galerie, mais la réalité était bien moins sexy : il travaillait sur l'encadrement administrativo-judiciaire de l'édition française au vingtième siècle. Et sans qu'il ait compris ce qui lui arrivait, sans que cela lui déplaise non plus, il s'était retrouvé sur une estrade blafarde de la banlieue nord, déroulant la tragédie classique à des jeunes en burn-out hormonal, tout en rédigeant à la chaîne des propositions d'articles sur la censure des annonces matrimoniales dans la presse d'après-guerre. C'était sa vie, ou plutôt c'était devenu sa vie, à la fois molle et excitante, choisie et imposée. Pas si mal finalement, pas si éloignée de ce qu'il avait toujours voulu, alors quoi : il n'allait pas non plus se lancer dans la néo-boucherie bio ou passer un CAP d'orfèvrerie !

Pourquoi les choses auraient-elles été différentes pour Dan ? Le bac sans en foutre une rame, la prépa, les maths, les maths, les maths, l'École – comme Antoine disait le Concours –, les premiers boulots, Opéra, la Défense. Le rasoir le matin, le pressing le samedi, l'incongru devenu banal, le jamais au grand jamais qui devient tous les jours. Quand, comment la bascule s'était-elle produite, à quel moment le vagabondage s'était-il fait trajet, puis trajectoire, puis carrière ? Et comment une chose pareille avait-elle pu arriver à Dan ? Antoine n'y croyait toujours pas. Pas lui. Tous, sauf lui. Son frère, libre comme personne, rien à cirer des cours, des fringues, des filles et des parents. Lui, l'angoisse des profs, l'arrogant et le drôle, le magnifique, tête à claques et tête brûlée. *Dickhead.*

Sid lui disait qu'il n'avait pas voulu voir. Que c'était là, tapi, et dès le début même, mais qu'il avait préféré tout ignorer, garder ses œillères de binoclard : son frangin était, ne pouvait être que la huitième merveille du monde. Une météorite, un truc sublime qui traversait l'espace-temps, se riait de tout, sans effort, dans l'insolence de ceux qui ne rataient rien. Qu'y avait-il de commun, vraiment, entre ce demi-dieu et ce type hors-sol qui allait maintenant à la gym – *djim* – et partait en week-end avec Audrey à Lanzarote ? Un Peau-Rouge à col blanc. Une erreur.

Oui, Antoine exagérait. Oui, il était ultra-normatif, intolérant, brutal, puéril et sectaire. Non, il n'avait aucun droit sur son frère, ni sur personne. Mais quand il l'entendait parler de ses *propales* à *délivrer* en mode *flat-out*, l'envie le démangeait de le gifler au sang.

Sa première visite à Londres avait été catastrophique. Dans l'Eurostar, à l'aller, assis en face d'eux (Sid était du voyage), il y avait ce petit Japonais qui se gavait de macarons à la framboise, bien roses, bien chers, la top marque. Hop, hop, hop : papa maman en écrasaient sévère depuis la gare du Nord, tandis que lui s'enfilait toute la boîte, tranquillement ventousé à son écran et à ses écouteurs. Ça n'avait pas loupé : juste avant l'arrivée à King's Cross, le môme avait tout dégobillé. À peine brandi, le beau sac vert amande n'avait pas tardé à déborder d'une mixture fumante. Assis dans la diagonale du gosse, Antoine n'avait rien manqué du spectacle. Ce qui l'avait marqué, ce n'était pas le côté gore de la scène, ni sa figuration un peu pompier du naufrage néo-libéral, mais le contraste entre cet atroce bouillon qui n'en finissait pas de jaillir – ni Sid ni lui n'avaient jamais vu personne vomir autant, ni aussi longtemps – et les effluves incroyablement délicats qui, en quelques secondes, s'étaient répandus dans le wagon. Une odeur de foin et de sous-bois, quelque chose de sucré, de légèrement acide, comme de la rhubarbe. Une merveille.

Le séjour avait été épouvantable. Au retour, Sid écroulée sur son épaule, Antoine avait repensé à son frère. *This Is For Real*, comme dans le roman de Chase : le boulot, la fille, l'appartement, tout était vrai. Dan, ou ce qu'il en restait, s'était évaporé, dissipé dans le smog qui montait des docks, diffracté dans les miroirs sans tain des bureaux d'Aldgate East. Pschiittt, disparu. L'homme aux semelles de vent avait taillé la route en Paul Smith ardoise clair. Antoine revoyait le petit Japonais, les flots pourpres échappés de ses lèvres. C'était cela, au fond, la nouvelle vie de Dan : du dégueulis à dix mille balles.

La traversée

Les parkings étaient pleins à craquer. Heureusement, après le train, le bus les avait déposés à quelques mètres de la jetée.

Ni l'un ni l'autre n'avaient de carte de bateau. Évidemment : trente ans que leur mère dégainait de son sac le petit carton mangé de sel et criblé de poinçons. Antoine ne connaissait même pas le prix exact du passage. Une misère, sans doute, pour quelques minutes de traversée. Là résidait la pure magie de l'île : si proche du rivage, et cependant coupée du monde, elle n'avait rien d'extraordinaire, rien d'abrupt ni de sauvage. De la douceur, au contraire. Du familier. Une routine sans histoires, jamais loin de l'ennui.

Le ballet des navettes était continu à la fin du mois de juillet, charriant les touristes d'un jour comme les bivouacs familiaux, gens du coin ou réguliers échappés de breaks immatriculés dans les Yvelines, un mélange bigarré de bermudas criards et de mocassins beiges, qui se partageaient l'île en journée mais qui, la nuit, faisaient lits séparés. Le bateau de vingt-trois heures sonnait la fin de la partie : il y avait ceux qui repartaient, le ventre satisfait, reprendre leur voiture dans la poussière de l'autre bord, et les autres, les estivants, ceux qui jouissaient des derniers feux du ciel dans leur jardin de capitaine, privilège des maisons de famille ou des rares locations saisonnières. Les purs et durs, les « îlois » comme on les appelait, ceux qui vivaient là, se fondaient dans le décor. On les croisait de temps en temps, à mobylette, près des chantiers, de part et d'autre des comptoirs de bistrot ou derrière la caisse de la supérette. Mais c'était une autre histoire, qu'on ne connaissait pas et qui n'intéressait pas grand monde.

Antoine et Dan se tenaient à l'avant du bateau, à ciel ouvert, comme toujours, poussés l'un contre l'autre par un bric-à-brac de vélos, poussettes, valises, cagettes, matériels de pêche, plage, plongée, gosses braillards et chiens en laisse. Le courant n'était pas très fort, il pouvait être redoutable, surtout au jusant, quand la baie se vidait. Le passage en ligne droite était même impossible aux grands coefficients de marée, obligeant les navettes à d'incroyables arabesques pour tromper l'attraction vers le large. Mais le ciel était limpide ce jour-là, et les flots cléments.

Le cœur d'Antoine se gonfla à l'approche de l'île : le brouhaha du port, la capitainerie de poche, les badauds et leurs cornets de glace, le taxi-camionnette et le môle enfin, avec sa vieille guinguette aux parasols délavés. Le bout du monde dans un mouchoir de poche.

– Tu as déjà dormi au San Francisco ?

Antoine regarda son frère, puis tourna la tête en direction de l'hôtel-restaurant qui dominait le port.

– Jamais, non. On a dîné là-bas quelquefois, avec Sid. Pourquoi ?

– Regarde les fenêtres. Ils ne doivent pas avoir tant de chambres que ça. Cinq ? Six ?

– Aucune idée. Peut-être qu'il y a des chambres à l'arrière aussi, du côté de la grand-plage.

– Peut-être, oui.

Et après un temps, comme une respiration :

– On va se marier, avec Audrey.

Un couinement s'échappa de la gorge d'Antoine.

– On va faire ça ici. L'été prochain. J'hésite encore entre le San Francisco et les cahutes de la pointe. Tu sais, celles sur la droite, quand tu repars vers l'église en prenant le sentier. J'imagine qu'Audrey aimerait faire ça à la maison, mais, avec papa, *no way*…

Second couinement, plus proche celui-là du ressort de sommier ou du triple pontage. Vite, dire quelque chose, enchaîner. Mais quoi ? Dire quoi ? Qu'est-ce qu'il pouvait répondre à ça ?

– C'est… une super-nouvelle ! Tu l'as dit aux parents ?

Pas possible d'être aussi con. Qu'est-ce que c'était que cette question ? Pourquoi est-ce qu'il avait pensé à ça ?

– Pas encore. Je préfère en parler à Audrey, d'abord.

Les pare-battages heurtèrent violemment la jetée. On accostait.

Piégé dans le vacarme des moteurs, la puanteur du fuel et le chien qui aboyait à côté de lui, Antoine sentit la nausée l'étrangler. Dan le scrutait. Il attendait.

– Mais… elle n'est pas au courant ? Qu'est-ce qu'elle t'a dit ? Tu lui as demandé, au moins ? Je ne comprends pas, là. C'est pour ça ? C'est pour ça que tu es venu en France, à Paris ? Mais…

– Hé, ça va, la Gestapo ! Évidemment qu'elle n'est pas au courant ! C'est l'idée ! La surprise, l'imprévu…

Voilà. Antoine avait cinq ans, maintenant. Il se faisait engueuler. Il avait crayonné le cahier de calcul, laissé tomber la coquille d'œuf, perdu le câble du discman, bousillé les autocollants. *Dis pardon à ton frère, Antoine, dis-lui pardon tout de suite !* Son estomac se souleva. Il saisit son sac et s'engagea dans la file qui s'échappait du bateau. L'air de rien, l'air de rien.

– Excuse-moi, Dan. Je ne voulais pas… c'est juste… la manière dont… Quelle nouvelle, hein ! Félicitations !

Et il prit son frère dans les bras, bourrant son dos de quelques tapes bien viriles, fraternelles, le genre de chose à faire dans ces cas-là, répit bienvenu, vierge de paroles et de regards. Dan avait l'air heureux, c'était l'essentiel.

La maison de la sorcière

La sorcière était arrivée après, lorsqu'ils étaient déjà adolescents, presque adultes. Leur père avait trouvé ça drôle : une carabosse avec chat et balai, il fallait bien remplacer l'ancienne girouette abattue par la tempête qui avait ravagé l'île. C'était vrai qu'elle avait une bonne tête. Et puis, on la voyait de loin, dès le bas de la côte. La maison, elle, était là depuis toujours. Enfin, le *toujours* d'Antoine, c'est-à-dire depuis ses douze ans, depuis ses années collège. Il adorait cet endroit, il y était chez lui, dans ses souvenirs de petit garçon et d'étudiant. C'était sous ces ardoises, sous ce granit, qu'il avait vécu ses heures les plus douces, ses orgies les plus folles, ses siestes les plus chaudes ; là qu'il avait, pour la première fois, feinté la confiance de ses parents en sautant du toit-terrasse, là qu'il avait révisé, quinze heures par jour, pour le Concours, là qu'il avait, au début de sa thèse, tapé en huit semaines les deux mille références du *Dictionnaire des livres et journaux interdits*, là encore qu'il avait appris du vieux poste de radio que deux tours venaient de s'effondrer. Là, enfin, qu'il avait présenté Sid à ses parents.

Sid n'était pas prévue au programme, cet été-là : ils venaient de se rencontrer, c'était bien trop tôt pour officialiser quoi que ce soit. Mais ses vacances s'étaient écourtées et elle connaissait mal cette partie de la Bretagne. Le cœur d'Antoine avait caracolé, d'angoisse surtout : ses parents étaient là, sur l'île, vissés comme des bulots jusqu'à la fin de l'été. Pas de chimio en ce temps-là. Il avait bien senti qu'il ne couperait pas aux « présentations ». Mais pourquoi pas ? Il l'aimait déjà, sa gitane sans filtre. Il se foutait du reste, tant qu'il pouvait, une fois encore et plus tôt que prévu, abîmer sa bouche sur son corps brûlant. Il avait donné à sa mère le numéro de Sid. Ou plutôt, sa mère avait insisté pour avoir les coordonnées de son « amie », juste au cas où. Hélène Thérieux n'avait pas été déçue : à dix heures du matin, bourgeoisement installée à la terrasse du bar-tabac de l'île, elle avait reçu des messages de l'« amie » en question :

Ma chatte vient de sonner à l'aéroport !

Antoine savait que c'était une mauvaise idée, cette histoire d'échange de numéros. Saloperie de répertoire. Et Sid, qui avait tenté de rectifier :

Désolée, erreur de destinataire

Le détecteur de métaux a bipé
J'arriverai par le bateau de 15 heures

L'allongé de sa mère refroidissait. Une des pages du *Monde des livres* s'était envolée, piégée par un énorme massif d'hortensias. Antoine ignorait tout, alors, des messages de Sid : tout ce qu'il avait vu, c'était l'étrange torsion du visage de sa mère, la disparition de son sourire et sa bouche, s'ouvrant graduellement, à mesure que le téléphone vibrait sur la table écaillée.

Les messages, qu'il avait découverts en remontant du port, l'avaient épouvanté. Sid, elle, ne voyait pas le problème. Pas de quoi en faire tout un fromage, ça détendrait l'atmosphère au moins ; tout de même, c'était dingue, cette histoire ! Elle n'avait ni piercing, ni stérilet, la machine devait être détraquée, ou alors, ils le faisaient exprès, juste pour voir la tête des filles, bien gênées, bien rougeaudes. Bande de pervers, va. Antoine avait fait remarquer à Sid qu'elle avait peut-être gardé en elle quelque chose, à son insu. Le résidu d'une vieille opération, comme l'appendicite, ou alors un implant, comme Scully dans *Aux frontières du réel.*

– Dans quoi ?

– *Aux frontières du réel.*

Elle avait éclaté de rire.

– Plus personne ne dit ça ! Ça fait au moins quinze ans que plus personne ne dit *Aux frontières du réel* !

– Et alors ? *X-files*, c'est pareil ! Appelle ça comme tu veux. Quand Scully s'aperçoit qu'elle a un éclat métallique, là, comme une pointe, à la base du cou…

Sid s'était débarrassée de son barda. Elle avait saisi Antoine à la taille et, avec un sérieux auquel il n'était pas encore habitué, elle l'avait embrassé.

– Je t'aime, Antoine Thérieux.

Elle avait ajouté :

– Il faut qu'on parle anatomie, toi et moi. L'appendicite… J'hallucine !

Ce qui advint ensuite, Antoine n'en conserverait qu'un souvenir vague, nébuleux. Lui, au bout de la côte, montrant la pointe de la sorcière. Ses parents, dans le soleil, attablés devant un thé encore fumant. La bergamote, le beurre sucré des Pont-Aven, et Sid qui parle, et qui raconte, et les fait rire. Sid, à qui l'on ressert du thé, et la terrasse qui passe à l'ombre, et le vin blanc, enfin, le bon, celui des « occasions ». Antoine flottait dans les éclats de voix, acceptant tout, ne redoutant plus rien, à sa place et ailleurs. Heureux. 47°35'42"N et 02°51'05"W, une dizaine de mètres au-dessus de la mer, sa main sur la cuisse de cette fille qu'il ne connaissait pas deux mois plus tôt et qui, pour la première fois, dans l'essoufflement de la montée du port, lui avait dit l'aimer. Trois années avaient passé depuis. Sid faisait maintenant partie de la famille.

Fortunes de mer

Dan avait beau insister, Antoine ne céderait pas. Il avait toujours haï la course à pied – on appelait ça *jogging* à la fin des années 1980 lorsque avaient commencé les sacro-saints vingt kilomètres du dimanche matin avec son père. Un peu plus tard, au collège, avait surgi l'horreur des cross annuels : rendez-vous boueux avec la honte et la douleur organisés par des enseignants sadiques dans d'improbables hippodromes. Son frère n'aimait pas ça non plus, c'était même lui qui lui avait montré la planque derrière les box, celle qui coupait la boucle de la fin.

Les vélos étaient tous en état de marche, graissés par les derniers locataires qui les avaient rangés par tailles sur le râtelier de l'entrée. Antoine prit le premier de la rangée, abaissa un peu la selle et rejoignit son frère qui s'échauffait sur la petite place. Le flot des touristes du jour n'était pas encore arrivé. À part quelques familles éparses bien décidées à en profiter au maximum, le gros des troupes débarquait du bateau de neuf heures, dix heures tout au plus, et il leur fallait au moins une heure pour atteindre le cœur de l'île et la base de la pointe. La place était baignée d'un soleil tranquille jusqu'à la fin de matinée, après, c'était foutu, se déroulerait le pèlerinage ininterrompu de vélos, carrioles, poussettes, avec apostrophes joyeuses et commentaires saisis au vol sur le hameau et ses roses trémières.

Antoine roulait doucement derrière son frère, il regardait ses mollets cuivrés, sa foulée puissante et régulière, indifférente aux côtes et aux routes pierreuses. Ils n'avaient pas pris par le bord de mer, le sentier était interdit aux vélos et saturé de randonneurs, mais à choisir, Antoine préférait cette route, celle du bas, qui fendait les chênes et se jetait dans l'anse de la chapelle, avant de filer vers le bourg. Il aimait cette façon de désigner les choses sur l'île, ces appellations minimalistes, comme une envie de ne pas trop en faire, de ne pas trop s'en faire. Vivre sa vie comme on jouait à la poupée ou aux Indiens, en surface : le bourg, la mairie, la maison, la place, l'église, le café, le tabac, le port. Les noms propres n'étaient d'aucune utilité, ici. Chaque chose ou presque n'existait qu'en un seul exemplaire, dans un protolangage limpide et sans malentendu. Le langage de l'enfance, en somme. Et on dirait que tu serais le chef et moi le méchant !

S'ils avaient su…

Un *chief data editor* et un professeur titulaire classe normale sont dans un bateau, le *chief data editor* tombe à l'eau, qui est-ce qui reste ?

L'église dominait la baie, éclatante de blancheur sous le soleil de midi. Dan fit une pause, s'étirant sur le muret, en haut de l'escalier de pierre qui montait de la plage.

Ils poussèrent les lourdes portes de hêtre. Personne. Rien que la fraîcheur des murs et l'odeur rance du bénitier. Au tout début, les premières années, leur mère les emmenait ici. Pas très souvent : à Pâques, plus rarement à Noël, parfois au 15 Août. Antoine s'y ennuyait un peu moins que dans les autres églises. Ici, au moins, il avait de quoi arrimer son ennui : le vitrail du roi Arthur, l'archange au dragon et, surtout, les ex-voto pendus à de longs câbles d'acier, l'immense trois-mâts de guerre et le petit thonier qui se balançait dans le souffle de l'orgue.

Dan avait rapidement refusé de venir à la messe. Il le pouvait, du haut de son lycée, sans compter la fierté de leur père quand il s'embarquait dans ses tirades de mécréant : « Faire un prêtre, c'est vider un homme, maman ! C'est Hugo qui l'a dit. » Leur différence d'âge n'autorisait que la résignation. Qu'est-ce qu'il aurait pu dire, lui, Antoine, à douze ans ? Et puis, tout de même, il y avait la boulangerie sur le chemin du retour, où sa mère lui achetait une grosse part de far. « Tu peux me laisser les pruneaux, si tu veux. » Elle n'était pas croyante, elle avait dû brûler moins de cierges que de soutifs en ses années glorieuses, mais sa mère à elle, leur grand-mère, l'avait été, et profondément, comme tous les Basques, si bien qu'elle devait, devant l'autel, retrouver un peu de son enfance et hasarder quelques prières, aussi, à la mémoire des morts.

– Tu vois ces maquettes ?

La voix de Dan résonna dans l'église. Pas le genre à chuchoter.

– Les ex-voto ?

– Oui. J'ai lu un truc sur Drake, quand ils l'ont envoyé aux Caraïbes pour bousiller les Espagnols : on fabriquait les ex-voto après coup, en guise de remerciement. Histoire de dire qu'on s'en était sorti. Tiens, regarde.

Dan tendit son téléphone. Sur l'écran, un vaisseau de 64 canons, armé jusqu'aux dents, avec gaillards et ponts-batteries, suspendu au-dessus d'un baptistère de marbre.

– Tu l'as prise où, cette photo ?

– À Painswick, pour l'anniversaire d'Audrey. L'année dernière.

– Tu vas dans les églises, toi ?

Le regard de son frère l'arrêta net. Pourquoi Antoine avait-il systématiquement l'impression de gaffer ? Depuis que Dan avait débarqué, ça ne le lâchait pas, ce malaise ; comme s'il tombait toujours à côté. Mais, après tout, c'était bien lui aujourd'hui qui avait proposé d'entrer dans l'église, et c'était lui qui, la veille, avait parlé de mariage. Est-ce qu'il comptait se marier là ? Antoine pouvait sans peine s'imaginer Audrey voilée de blanc, nimbée d'une ribambelle d'enfants d'honneur, peut-être même – non, sûrement – au bras de son père. Mais Dan ? Mieux valait changer de sujet.

– Je pensais que c'était par superstition.

– C'est-à-dire ?

– Je croyais qu'on les fabriquait avant, au départ des marins. Comme gris-gris contre les fortunes de mer.

Mais Dan ressortait déjà sur le parvis, prêt à battre les sentiers du nord. Antoine jeta un dernier coup d'œil aux ex-voto de son adolescence. Il s'en était inventé, des catastrophes, dans l'ennui de la messe : vagues de trente mètres, canonnades sanglantes, équipages dont on perdait la trace, marins fous de soif et d'angoisse, condamnés à une dérive infinie. Le petit thonier, surtout, le *Sant Mikaël*, dodu de la coque, avec sa grand-voile bleue et sa queue-de-malet. Il se l'était toujours imaginé perdu dans les eaux noires du Nord : les bourrasques meurtrières, les lames glacées déferlant sur le pont, la carène qui craque… Ils s'en étaient sortis, alors ? Il demandait à voir.

La selle du vélo était brûlante. Ils longèrent le cimetière et s'engagèrent sous les grands pins. Le taxi-camionnette les dépassa en klaxonnant, ça n'arrêtait pas le samedi : chassé-croisé des locations, familles patientant devant de grands portails, réfugiés aux valises de luxe qui songeaient, déjà, à d'autres plages et à d'autres amis.

Silencieux depuis l'église, Dan lui lança, sans se retourner :

– Tu as déjà pensé à écrire ?

– Écrire quoi ?

– Écrire tout court.

– Pourquoi ?

– Tu devrais, non ? Les *fortunes de mer*, personne ne parle comme ça !

Et il accéléra, pile dans la montée du petit calvaire.

À l'armoricaine

Entre la mi-juillet et la mi-août, la Bretagne faisait dans la dentelle. Fête du thon ou des brodeuses, de la voile ou de la langoustine, moules-frites, crêpes et chants marins : tout était bon pour se la coller raide, sur fond de bombarde déchaînée. Le dernier week-end de juillet, sur l'île, c'était la mer qu'on célébrait. Deux processions, l'une partie du port, l'autre de l'église, se retrouvaient à la pointe, au niveau de la longue cale où la mer s'étranglait en un courant puissant. Les gosses s'y laissaient dériver, aux grandes marées, suspendus à de longs bouts. Pas Antoine : trop peur du voyage retour, de manquer d'essence, comme le chantait Souchon.

La tradition voulait que le cortège de l'église soit conduit par le curé, mais on avait dû improviser cette année-là : le berger avait planté ses brebis sans préavis – *parti rejoindre un groupement d'artistes dans la Drôme*, disait la petite note à l'entrée de l'église. Il n'était pas resté longtemps.

Antoine et Dan n'avaient pas fait une seule course depuis leur arrivée. La fête de la mer et ses morgates à l'armoricaine tombaient à pic : ils n'auraient, une fois de plus, à se soucier de rien. Dan était d'humeur joyeuse, il avait passé l'après-midi à la plage pendant qu'Antoine terminait son chapitre. C'était lui qui avait insisté pour se rendre à la soirée de la pointe, comme à la belle époque, quand tout était facile, disponible : les filles, les guitares, le rhum arrangé. Antoine tenta de se convaincre que c'était une bonne idée, pas trop mauvaise du moins. Il avait bien avancé sur la réforme de 1967, restait à boucler Fouchet et 1968, mais il était à l'aise là-dessus : en deux jours ce serait plié. Ils n'allaient pas déconner non plus. Quelques verres de blanc, le dîner sur la cale, rentrés à onze heures et couchés à minuit. Rien de méchant. Au pire, il prendrait un Doliprane.

Si on lui avait demandé à quel moment les choses s'étaient mises à déraper, ce soir-là, il n'aurait pas su quoi dire. Quand Dan avait hélé la bande ? Lorsqu'il avait fait l'aller-retour au distributeur du bourg ? Ou au premier coup de bombarde ? Une fausse note générale en tout cas, comme si l'univers, entré en résonance, s'était d'un seul coup affolé, détraqué, sous l'effet de la chaleur et de l'alcool. Si le vent s'était levé, peut-être que… Mais, depuis plusieurs jours déjà, un plat vicieux lestait la petite île. Mer d'huile, soleil de plomb : on avait dû remorquer les vieux gréements de la procession.

Dan buvait trop. Il n'avait jamais été porté sur la bouteille, pas autant du moins, plutôt amateur d'étiquettes que pilier de bar, mais ce soir il en était à sa cinquième ou sixième pinte.

Il paraissait de plus en plus agité, beau à couper le souffle dans sa chemise défaite à la coupe impeccable. Antoine, lui, avait renoncé à ses projets de modération, il savait déjà qu'il allait flinguer sa matinée du lendemain : c'était sûr, ils auraient dû dîner au petit libanais du bourg, puis rentrer tranquillement à la maison. Ils auraient pu discuter un peu, parler d'Audrey peut-être, revenir sur cette histoire de mariage, enterrée depuis le bateau, à un point presque gênant. Il craignait de passer pour indélicat à force de retenue, mais son frère ne lui rendait pas la tâche facile.

Il n'avait pas tenu une heure avec le « groupe ». Il réussissait à les éviter habituellement, ces chimères du passé : des filles qu'on se rappelait vaguement avoir tripotées dans les chemins sans lune, d'anciens copains de plage, play-boys de la Bretagne-Sud ayant troqué la planche à voile et les abdos pour régater en équipe en *boostant leur référencement* – en clair, écluser des whiskys pépère, loin des dimanches familiaux. Ils se croisaient rarement sur l'île, et jamais en bande, un simple hochement de tête ou un mince sourire suffisait généralement à s'acquitter d'un contact minimal, décourageant tout rapprochement. Les voir ainsi réunis avait donc quelque chose d'exceptionnel, ils devaient fêter une occasion, les trente-cinq ans d'un tel ou le mariage d'un autre. À moins qu'ils n'aient gardé l'habitude de se retrouver, chaque été, gamins grandis dans des costumes d'adultes, courant derrière leur blonde progéniture par-delà les talus et les plages à muret. Antoine n'en connaissait que quelques-uns, et mal, même pas certain de se rappeler leurs prénoms. Il n'avait pas grand souvenir de ce qu'ils s'étaient dit à l'époque et n'avait pas *socialisé* convenablement depuis. Il n'avait pas répondu aux invitations parisiennes, quand il était à la fac, pas plus qu'il n'avait assisté aux premiers mariages, et il avait fini par disparaître, à la faveur des réseaux sociaux que tous s'étaient mis à fréquenter maladivement et que lui-même s'appliquait à éviter.

Il était sidéré par le naturel de Dan, assis au centre de la joyeuse troupe, volubile, à l'aise. Comment son frère s'y prenait-il ? Est-ce qu'il se tapait vraiment les photos de leurs lasagnes maison et de leurs vacances au Monténégro ? *Bip. Guillaume et son fils au marché d'Arcachon. Bip. Purée de panais pour les jumeaux d'Izor. Bip. Solène en trek sauvage avec ses sœurs. Bip. Marco atterrit à Dubai. Bip. Guillaume et son fils à la Villette. Bip. Trois kilos cinq cents, premier sourire de Cléo. Bip. Soirée des anciens au pavillon Baltard le 26 mai. Bip. Cagnotte pour le tour du monde des Desrivières. Bip. Guillaume et son fils à la fête des voisins. Bip. Bip. Bip. Bip.* Est-ce qu'Audrey et lui racontaient leur vie, aussi, à coups de selfies et de liens à la con ?

Le ventre vide, Antoine sentait l'ivresse monter. Les morgates n'étaient toujours pas prêtes et une longue file s'était déjà formée, affamée et bruyante : autant rester assis et attendre son tour, dans les effluves d'armagnac de la poêlée géante. Il avait déjà liquidé un premier bol de cacahuètes, efficace trompe-la-faim mais redoutable pour la soif : les verres défilaient devant lui, sans même qu'il ait besoin d'effectuer un aller-retour à la buvette.

Quatre heures du matin en Corée… Non, pas raisonnable. D'autant qu'ils avaient prévu de s'appeler le lendemain. Tout aurait été différent avec Sid à ses côtés : ils n'auraient pas tant bu, ils se seraient contentés de saluer tout le monde, auraient trouvé trois chaises près du bagad et taillé le bout de gras devant le golfe absorbé par la nuit. Au lieu de ça, il avait droit à du Bruel a cappella, *qu'est-ce que tu deviens ? Tu t'es marié t'as trois gamins*. Souvenir fugace du chanteur en boléro espagnol tentant de défoncer les portes de la Bibliothèque, ses hurlements, l'écume de sa bave. Antoine avait oublié ça. Il regarda la cicatrice sur sa main, presque disparue, et agrippa un nouveau bol de cacahuètes.

Ce serait son dernier verre. Finies les conneries. C'était le problème de Dan après tout, pas le sien. Lui avait une thèse à boucler, une contenance à garder. Et puis hors de question de passer la soirée, le cul entre deux genres. Le groupe avait entamé sa division cellulaire au gré des déplacements de chaises et des tournées commandées : à droite, les pédagogies alternatives ; à gauche, le succès des Tesla. Et entre les deux, Antoine, sans enfants ni permis. Un eunuque perdu dans un mauvais porno.

– Ça va, ta mère ?

Ça venait de la droite. Olivia. Ou Estelle. Antoine n'avait jamais trop su. Elle devait s'ennuyer ferme pour se rabattre sur lui, mais sa question sentait la charité, l'action de grâces, même.

– Daniel m'a dit, tout à l'heure. C'est la thyroïde, c'est ça ?

– La gorge.

Elle avait l'air déçue. Il ne put s'empêcher d'ajouter, pour rattraper le coup :

– Enfin, le larynx. Mais le traitement fonctionne, et la rechute est récente, c'est bon signe.

Olivia/Estelle avait repris du poil de la bête.

– On connaît un super-endocrinologue, vraiment. Ta mère peut l'appeler, il la prendra tout de suite. Il a suivi la mère de Grégoire pour sa thyroïde.

Elle était conne, ou quoi ? C'était la gorge. Gorge, gorge, gorge, comme dans *rouge-gorge*, *coupe-gorge*, *soutien-gorge.* Pourquoi pas un acupuncteur ou un rhumatologue tant qu'elle y était ? C'étaient les cacahuètes, ça. Ça le rendait agressif. Heureusement, la queue des morgates s'était calmée. Il allait pouvoir se lever et se prendre à manger. Enfin.

– Ça ne doit pas être évident pour ton père…

Elle insistait.

– Comment ça ?

– D'encaisser les deux, en même temps. Quand j'ai fait mon burn-out, ça a été difficile pour Grégoire. Vraiment. Me soutenir, les enfants aussi, tout ça en plus de son boulot. C'est important, d'arriver à se faire aider dans ces moments-là. D'accepter.

Dan s'était bien lâché. Il avait tout balancé en bloc. *Et tes parents, Dan ? Ça va ? Tranquille : cancer, maniaco-dépression… Ils reviennent de Corfou, là : hy-per-con-tents.* Le salaud. Et c'était lui, Antoine, qui se trouvait maintenant face à cette pauvre fille qui, déjà, lui parlait homéo-thérapie et accords guatémaltèques. Antoine ne savait pas comment s'en sortir, il n'avait pas l'aplomb de son frère ni le franc-parler de Sid. Il aurait bien voulu balancer un truc cash, juste pour se soulager, comme dans un roman de Céline – *Mais vous savez, Lola, le cancer, c'est héréditaire.*

Elle s'épanchait maintenant, son burn-out en bandoulière. Elle s'en voulait d'avoir fait vivre ça à sa famille, à son mari surtout – le pauvre, il n'avait pas besoin de ça, une telle pression, déjà, avec sa boîte. Tu parles… Assis à trois mètres d'eux, rougeaud et le verre haut levé, le Grégoire en question n'avait pas l'air de trop s'en faire pour le bain des enfants et la dépression de sa femme. Vraiment. À la première pause, alors qu'elle reprenait une gorgée de bière, Antoine bredouilla quelques phrases, enregistra le numéro de l'endocrino tip top et fila vers les morgates, renversant au passage ce qui restait de cacahuètes.

Ce n'est que devant l'immense poêle de fonte, remplie à ras bord de seiches bien fumantes, qu'il réalisa ce qu'il venait de voir, sous les tréteaux, en ramassant le bol. Impossible de se tromper, il avait reconnu la montre : son bracelet vieilli et le petit missile de l'Aérospatiale au centre du cadran. Mais à qui appartenait-elle, cette cuisse offerte qui, mollement, se laissait caresser par la main de son frère ?

Lemming Island

Trois heures du matin. Au cœur de la nuit, une lune embryonnaire éclairait la surface de l'eau.

– C'est n'importe quoi, Dan ! Tu le sais que c'est n'importe quoi ?

– Rame...

La soirée avait viré au jeu de massacre : ils avaient fait la fermeture de la fête de la mer, puis celle de l'unique bistrot encore ouvert, et celle du bal enfin, sur la place de la mairie. Tout ce qu'Antoine avait voulu éviter s'était produit, dans un cocktail carabiné de nostalgie et de fraternité douteuses.

Oui, il aurait pu rentrer plus tôt. C'était d'ailleurs ce qu'avaient fait les autres, un à un, d'abord les filles, puis leurs mecs. Les premiers beats de *Sing Hallelujah* avaient découragé les plus tenaces : ils n'avaient plus quinze ans, contrairement à ceux qui s'excitaient tout autour d'eux. Dan avait proposé une dernière tournée, sans succès, tous avaient quitté les lieux, rendus aux draps de lin de leurs villas sur mer. Dan s'obstinait, au contraire, dans une soif inextinguible de conneries et de vodka, remonté comme un ressort, à bloc, inaccessible. C'était pour lui qu'Antoine était resté, uniquement pour lui, parce qu'il sentait le truc venir, le dénouement tout proche. Rien à faire, sinon attendre, et se taper ce putain d'acte IV, le pire de tous, celui où tout foutait le camp et n'en finissait pas de ne pas finir.

Des heures qu'il observait son frère : tour à tour euphorique, abattu, loquace puis silencieux, une légèreté qui portait le poids du monde. Vidant verre sur verre à grandes lampées, l'alcool libérant des gestes déplacés, obscènes même. Il aurait pu s'attirer des ennuis, mais c'était Dan : irrésistible et déconneur. Et puis, qu'est-ce qu'on allait faire ? Se foutre sur la gueule parce qu'il dansait collé-serré avec la nièce de dix-sept ans ou la jeune fille au pair ?

La place de la mairie s'était vidée quand la musique avait cessé. Pas le choix, l'heure de rentrer. C'était ainsi sur l'île : pas de dernier bar à quelques kilomètres, pas de virée insensée jusqu'à la ville la plus proche, la mer partout, et jusqu'à l'aube. Faits comme des rats. Antoine avait suivi son frère, ombre muette dont la mission se résumait à être là, à côté, présent à ce qui adviendrait. Il l'aurait suivi au bout du monde.

Les îlots étaient nombreux dans la baie de l'église, constellation sauvage ciselant l'horizon. Déserte et infestée de rongeurs, Lemming Island avait été, quinze ans plus tôt, la planque parfaite de leurs trésors de guerre. Un été après l'autre, de discrets convois avaient mis le cap sur cet îlot, gros d'une cargaison de cidre, de chouchen et d'eaux-de-vie en tous genres que Dan et ses copains dérobaient dans les remises mal fermées des maisons de famille. Largement de quoi survivre à la fermeture des bars. L'aller-retour à Lemming Island n'avait pas tardé à devenir un rituel de fin de soirée quand les fêtes de plage battaient leur plein et qu'on approchait de la rupture de stock.

Ce soir-là, un silence profond noyait la baie, dérangé seulement par le clapotis des vagues contre l'annexe et la plongée des rames. La traversée ne durait que quelques minutes, le plus long était toujours de trouver le bon canot, celui dont on avait négligé le cadenas ou oublié la chaîne. Les gens avaient fini par se méfier, avec le temps. La cloche déchira la nuit. Quatre heures. La mer commençait à se retirer. Dan avait raison, ils auraient largement le temps de faire l'aller-retour avant qu'elle ne découvre les parcs à huîtres et ne rende la voie impraticable.

Victoria

Antoine sentait le dard des aiguilles de pin contre ses cuisses. Il avait froid et ça ne s'arrangerait pas : la rosée tombait. Dan avait déterré une vieille bouteille de gwin-ardant. C'était tout ce qu'il avait trouvé, trésor d'un autre temps où l'on venait ici avant la première fournée de la boulangerie.

– On ne va pas se marier, avec Audrey.

– J'avais compris.

Dan le fusilla du regard. Même vitrés par l'alcool, ses yeux gardaient leur éclat singulier et glaçant. Antoine s'inclina. C'était à son frère de parler désormais, rien que sa voix à lui, portée par la pomme en fusion. Les commentaires, les analyses et les questions, on verrait ça plus tard, jamais peut-être. Dan était arrivé au bout de son silence.

– J'ai agressé une fille… une voisine… Victoria.

Les mots de Dan saisirent Antoine à la gorge. Il attendit, le souffle coupé, les tripes en anaérobie.

Dan continua :

– J'ai… C'est… Enfin ça fait un bout de temps que ça déconne. Impossible de dormir. Pas au début de la nuit, au début, ça va, je sombre, en deux minutes c'est terminé, enfin plus maintenant, c'est sûr, mais ça allait encore à ce moment-là. Non, le problème, c'est vers deux ou trois heures du matin, à mi-chemin. Et il fallait que je dorme ce soir-là, j'aurais dû rester d'ailleurs, rester à l'appartement, ne jamais revenir. On s'en foutait de ce briquet, mais… Ça n'excuse rien, évidemment, Audrey l'a dit aussi, comme ça : qu'elle comprenait, mais qu'elle n'excusait rien. C'est drôle, hein, qu'est-ce qu'elle comprend ? Qu'est-ce qu'il y a à comprendre ?

Antoine n'était pas sûr que Dan s'adresse à lui. Son regard l'interrogeait, mais il était si loin. Il ne comprenait rien à ce qu'il racontait, de toute façon, incapable de fixer son attention au-delà des mots *agressé* et *voisine*, le cerveau figé, en boucle – *un, deux, trois, soleil* –, pétrifié par la voix de son frère. Qu'est-ce que Dan avait foutu ? Et tout à l'heure, avec les filles, à la fête…

– Tu… T'as violé une fille ?

– Qu'est-ce que tu racontes ? T'es malade ou quoi ? T'écoutes ce que je dis ?

Le visage de Dan disparut vers le sol. Antoine ne voyait plus que ses mains, plongées dans la masse noire de ses cheveux. Rideau.

– Bien sûr, je t'écoute. Excuse-moi, je… C'est difficile à suivre. Mais vas-y, continue. C'était quand ? Quand est-ce que c'est arrivé ?

– Le temps d'aller récupérer un briquet chez nous, à l'autre bout de la résidence. C'est ça, tu vois, c'est ça qui m'a tué. Si encore, j'étais resté sur la terrasse, si j'avais continué à boire même, même avec ça, les choses auraient été différentes. Des insultes, au pire, mais… C'est le contraste, en fait. Plus j'y pense, plus je me dis que c'est le contraste : revenir avec eux dehors, après le silence et les couloirs, de… Tout m'a sauté à la gueule, d'un coup : leurs rires, tout ce bruit, et Audrey, là, au milieu d'eux, comme un petit automate, devant la grosse mâchoire de fonte. Tu te rappelles ce truc ? L'espèce de sculpture métallique à l'entrée de la résidence, juste après les fontaines ? Tu sais ce que c'était, en vrai ? Une mâchoire. En souvenir des ouvrières, les édentées, celles de l'usine, à cause du phosphore. C'est ce que j'ai vu, Antoine. Je te jure que c'est ce que j'ai vu quand je suis revenu sur la terrasse et qu'ils étaient tous là, surtout les filles, à rire bien fort, la bouche ouverte, toutes déformées, comme sur les photos d'archives. Et là, je me dis : c'est marrant, tu vas chercher du feu et il y a cent, cent cinquante ans, ici, exactement ici, entre ces murs, des allumettes sortaient en série, par millions, du feu partout, et ça puait l'os calciné… C'est comme ça qu'on fait le phosphore, tu sais : on balance des carcasses dans des fours, on met ça sur des tiges, et on trempe. C'est ce qui défonce la bouche, les vapeurs de phosphore. En deux mois, c'est foutu : des bouts de mort sur le visage, et puis tout qui s'effondre. Et eux, ils étaient tous là, dans la nuit, comme dans un tableau de la Renaissance, tranquilles, à attendre leurs bougies, avec toutes leurs dents. Mais où est-ce qu'on était ? Et sur quels morts on s'affalait, là, à se gaver de samossas ? Est-ce que personne ne voyait la cheminée derrière ? Et toutes les briques ? Les baraquements ? Et l'odeur du chlore, avec la piscine juste en dessous. L'odeur…

Dan s'était tu. Sa voix s'était engourdie dans des notes graves, pâteuses, payant déjà sa dette au sommeil. Antoine pensa qu'il allait en rester là, que son frère ne pouvait pas, qu'il n'avait pas envie d'aller plus loin. Il se trompait.

– Tu te souviens du problème des chèvres et de la voiture ?

– Le jeu à la télé ?

– Oui. Ils parlaient de ça quand je suis revenu. Ils m'attendaient pour le briquet. Le gâteau était prêt, une sale traînée verdâtre en pâte d'amande, Regent's Canal avec des pénichettes en sucre. Victoria était juste en face, en ligne de mire. C'était la seule, pourtant, à ne pas dire trop de conneries. Tout le monde avait eu sa dose, mais elle, bien sûr, vu qu'elle ne buvait pas… Bref, j'ai pris une chaise sans savoir quoi foutre de ma nervosité, de toute cette tension qui s'était accumulée depuis que j'étais parti, et j'ai écouté. C'est l'erreur, tu sais : jamais écouter dans ces moments-là, comme tout à l'heure, à la fête, avec ces cons… Et ça a démarré n'importe comment. Ruben expliquait le truc à Victoria, il posait mal le problème, personne ne comprenait rien, alors je m'y suis collé. Tu te souviens : deux chèvres et la voiture, tu choisis une boîte. Une chance sur trois. Mais là, le mec de la télé te montre le contenu d'une autre boîte. OK, c'est une chèvre. C'est là que ça se corse : le mec te redemande de choisir une boîte, tu peux garder la même ou changer, c'est toi qui décides. Alors tu fais quoi ? Tu fais quoi ?

– Je connais le jeu, Dan.

– Oui, mais bon, mettons que non. Tu fais quoi ? Tu te dis – et c'est ce que Victoria se dit, bien sûr – que ça revient au même : changer ou pas, on s'en fout, puisque apparemment tu as une chance sur deux, c'est kiffe kiffe. Jusqu'ici tout va bien, mais là je lui explique, en repartant du début, qu'au départ, je dis bien au départ, chaque boîte a une chance sur trois de contenir la voiture, donc 33 % de chances de viser juste et 66 % de se tromper. Là, elle commence à décrocher. Elle ricane, *I was so bad at maths*, mais moi je reste calme, je reste précis. Disons qu'on formule les choses différemment, si elle préfère : il y a deux chances sur trois que la voiture se trouve dans les autres boîtes et le fait que le type ouvre une des boîtes ne change rien, évidemment, il y a *toujours* deux chances sur trois, *toujours* 66 % de chances que la voiture soit dans la boîte, la deuxième. *I am so confused !* Putain, je lui réexplique, je vois bien qu'on commence à nous regarder, je le sens, mais c'est pas compliqué, merde, il faut juste qu'elle se concentre deux secondes. Si on résume : la voiture a 66 % de chances de se trouver ailleurs que dans la première boîte, et on sait qu'il y a une chèvre dans la troisième. On sait aussi que, s'il faut changer son choix, seule la deuxième boîte peut contenir la voiture. Il y a donc 66 % de chances que la voiture se trouve dans cette boîte-ci. Donc, il faut… il faut ?

– C'est à moi que tu demandes ?

– Mais non ! À elle ! Je lui demande à elle ! Il faut quoi ? *What should you do, Vic ?* Et qu'est-ce qu'elle répond ? Comme pour faire exprès, pour bien me faire chier ? Qu'elle change ! Cette conne change de boîte ! Après tout ce que j'ai dit, elle change ! Et c'est comme ça… voilà. C'est comme ça que c'est arrivé…

– Que *quoi* est arrivé ?

– Je me suis levé… et je l'ai étranglée.

– Quoi ?

– J'ai pris son cou, comme ça, dans mes mains, et j'ai serré. Enfin, pas fort, j'ai pas eu le temps. On m'a projeté par terre et la table s'est renversée. Là, regarde.

Dan souleva une mèche de ses cheveux et lui pointa une marque violacée, au départ du front.

– Mais qu'est-ce qui s'est passé ? Ensuite… Comment…

– Je ne sais pas. Victoria et son mari ont quitté la terrasse avec tout un groupe de gens. Je me suis relevé, je suis parti. Audrey, elle, est restée pour aider à tout ranger. Évidemment, la fête était finie.

Cou coupé

Dan s'était blessé en revenant de l'îlot. Ils étaient restés là-bas un moment, sur les aiguilles de pin, assommés par l'eau-de-vie et cette histoire de chèvres. Antoine n'y croyait toujours pas, il refusait d'y croire. C'était lui, d'ailleurs, qui avait fini la bouteille : Dan n'avait plus bu une goutte, son récit terminé. C'était bien ce qu'il avait cherché depuis la nuit tombée : atteindre le fond. Il l'avait trouvé.

L'annexe les attendait sur la plage. La mer avait reculé de plusieurs mètres et découvert la plupart des parcs, barrant la route du retour. Ils avaient tenté leur chance mais, sur les derniers mètres, Dan avait dû traîner le canot, envasé jusqu'aux cuisses dans le bourbier de la baie. Ses pieds lacérés par les coquillages n'avaient pas tenu le choc. À peine arrivé, il s'était écroulé en silence, comme ces gros phoques gris qu'on voyait s'échouer, aux grandes marées, sur les plages de l'Ouest. Antoine l'avait soutenu et ramené à la maison, convoi grotesque et bouleversant. La dépouille de son frère…

– Il est où, là ?

– Dans la chambre à côté. Il dort.

La connexion était suffisamment bonne : le visage de Sid tremblait un peu sur l'écran, mais ses contours suffisaient. C'était bon de savoir que, quelque part sur la planète, le monde existait toujours, lumineux et tangible, alors que là, dans la chambre bleue, ça n'avait plus rien d'une certitude, quelque chose avait chaviré de l'autre côté de la nuit, dans la vase et les épines.

– Et Audrey ? Elle l'a quitté ?

– Je ne vois pas comment ils pourraient continuer… ne serait-ce que rester dans leur résidence. Il a *attaqué* la fille, Sid ! Il l'a chopée avec ses mains, comme un gros psychopathe ! Personne ne va plus jamais leur adresser la parole, elle va même porter plainte si ça se trouve…

– Elle devrait, peut-être.

– Enceinte, en plus ! Tu te rends compte ? Il peut… Je ne sais pas ce qu'il va faire.

– Se soigner ! C'est vraiment arrivé, Antoine : tu ne peux pas faire comme si ça n'était pas arrivé, comme si ça n'existait pas !

Mais il n'écoutait plus. Se soigner… Comme son père, alors ? C'était possible, ça ? La même chose ? Peut-être, après tout. Rien n'avait de sens, là-dedans : trop dingue. Et son histoire d'écureuil… Il l'avait oublié, ça, le coup de l'écureuil.

– Il y a autre chose, Sid.

– Quoi ?

– Tout à l'heure, sous la douche, il était là, prostré, et il s'est mis à parler d'un écureuil, qu'il aurait soi-disant décapité.

– Hein ?

– Sans faire exprès ! Le truc a déboulé sous ses roues, dans les rayons, et le vélo est parti en vrille. Dan n'a pas compris, quand il s'est relevé, il a vu l'animal, son corps d'un côté, sa tête de l'autre, à quelques centimètres : tranchée, coupée net. Il est reparti, sans faire quoi que ce soit, ni jeter l'écureuil, ni… le reconstituer, ni rien. Et ça l'obsède depuis. Il se repasse la scène en boucle, ça l'empêche de dormir. Entre autres. Je te jure, Sid, il me disait, comme ça : Je peux plus, j'y arrive plus, à poil sous la douche, comme un môme, plein de mousse et de larmes. Je… je ne l'avais jamais vu comme ça.

À l'autre bout du monde, Sid gardait le silence. Qu'auraitelle pu dire ? Antoine sentait la fatigue le gagner et les courbatures tordre, un à un, les muscles de son dos. Il fallait qu'il s'allonge. Mais il n'avait pas envie de la quitter.

– Ça va, toi ?

– Comparé à vous, c'est la grande forme.

Il sourit. L'écran baignait la chambre d'un éclat phosphorescent. Il devait être midi là-bas : Sid paraissait fraîche, habillée – quoique, toujours difficile à dire…

– Tu as accepté de rester, alors ?

– Jusqu'à la finale, oui. Au fait, ils me réinvitent une semaine en décembre pour les fêtes du solstice d'hiver. Tu pourras venir cette fois.

Antoine acquiesça. Ça marchait vraiment bien pour elle. Elle n'en parlait pas, évidemment, mais il avait vu le nombre de vues exploser sur sa chaîne YouTube. La dernière fois qu'il avait regardé, le compteur dépassait les dix mille. La finale à Busan allait tout faire péter.

– On connaît les équipes ?

– Séoul-Busan, probablement. La mascotte de Busan ressemble à un castor junior, une sorte de canard avec un air un peu con. Ils m'ont demandé si j'étais d'accord pour en avoir cinq ou six sur scène, avec moi.

– Qu'est-ce que tu leur as répondu ?

– Non !

Cette envie de la serrer contre lui… Les Coréens n'étaient pas dingues, au fond : ils étaient simplement comme lui, en adoration – l'option la plus sensée, la seule possible, quand on connaissait Sid. Des milliers de gens allaient se déhancher en la regardant et elle avait dit non : non au costume, non aux réseaux sociaux, non à la K-pop, non à l'argent (tout juste si elle acceptait qu'on lui paie le vol retour), et non, maintenant, à un bataillon de canards en tenue de base-ball. Une reine. Antoine embrassa son image et rabattit l'écran.

Le ciel avait viré au pourpre, déchiré par deux bandes nuageuses qui filaient vers le large. Antoine ne tint pas deux minutes. Il redémarra l'ordinateur.

Les bipolaires…

Sa frappe s'interrompit devant l'affichage des premiers résultats :

Les bipolaires sont-ils intelligents ?
Les bipolaires reviennent-ils ?
Les bipolaires et le travail
Les bipolaires s'attirent
Les bipolaires sont intelligents (merci pour le suspense)
Les bipolaires peuvent-ils travailler ?
Les bipolaires célèbres
Les bipolaires et l'amour ?
Les bipolaires sont-ils manipulateurs ?

Antoine poursuivit, d'une main hésitante :

Les bipolaires sont-ils héréditaires ?

La phrase n'avait aucun sens ; on aurait dit celle d'un de ses élèves. Heureusement, Google comprenait bien l'idée, pas du genre à tiquer sur la forme.

La journée mondiale des troubles bipolaires est l'occasion de rappeler que les facteurs génétiques contribuent pour 60 % à l'apparition de cette maladie, en interaction avec des facteurs psychologiques et environnementaux.

Mais était-il bipolaire, son père ? Qu'en savait-on au juste ? Au moins, pour sa mère, c'était net : *tu-meur*, voilà, tout le monde savait, comprenait, on avait même des photos en 3D. Mais son père ? Il allait bien, la plupart du temps. C'étaient des crises plus qu'autre chose, et ça restait dans les clous. Invivable, mais dans les clous. Pas comme se jeter sur une voisine ou étêter des écureuils. Qu'est-ce qui s'était vraiment passé ? Son frère n'avait pas tout dit, Antoine en était certain. Il y avait quelque chose, là-bas, resté sur le petit îlot. Une charogne enterrée dans l'odeur des pins.

Les bipolaires reviennent-ils ?

Cette question…

Mais où partaient-ils déjà ? Et Dan ? Dans quelle zone reculée, dans quels marais était-il allé s'embourber ?

Le matin était là. Antoine s'écroula de fatigue. Même pas le temps de prendre un Doliprane.

Home run

Antoine n'avait jamais compris l'intérêt du base-ball, il confondait avec le cricket et le football américain. Tout ce qu'il savait, il le tenait d'un film incroyablement long, démonstration laborieuse que 1) le blanc était salissant 2) Brad Pitt portait la casquette comme personne 3) le home run constituait le seul moment un peu excitant d'un jeu profondément apathique. Une sorte de boule bretonne améliorée.

Mais là, c'était différent.

Sur l'énorme toile blanche tendue sous la poutre du salon – cadeau de ses parents pour ses trente ans – le Sajik Baseball Stadium de Busan baignait en plein délire. Les tribunes étaient bondées, des milliers de Coréens déchaînés agitaient de petits sacs orange et des pompons de papier. L'ensemble avait de la gueule et Dan avait insisté pour mettre le volume à fond.

Sid s'était trompée : Séoul s'était fait sortir et Busan se préparait à affronter les Kia Tigers dont les supporters, dans les gradins de gauche, hurlaient, moustaches aux joues, des encouragements en continu. La chaleur devait être terrible. Le soleil s'écrasait sur le stade, créant une grande tache claire dans l'appartement d'Antoine, qui pataugeait dans la moiteur pluvieuse de la fin du mois d'août. Neuf heures à Paris, seize heures à Busan. Et dans quelques minutes, une heure tout au plus : Sid, en direct et sur écran géant.

– Qu'est-ce qu'elle va faire exactement ?

– Danser.

– Toute seule ?

– Non. C'est un peu comme un cours de sport, comme une séance d'aérobic. Elle bouge et ils la suivent.

Dan avait tenu à assister au match. Il avait, soi-disant, annulé ses rendez-vous. À cinq jours du rendu de sa thèse, Antoine n'avait pas la force de poser des questions, mais vu l'état de son frère, il se doutait bien qu'il n'y avait ni *meeting* ni *catch up*. Il avait remonté une brassée de croissants et les avait tous quasiment engloutis pendant qu'Antoine luttait avec le vidéoprojecteur.

Le show de Sid était programmé après la deuxième demi-manche. Des images de Busan défilaient sur la toile. Antoine reconnaissait les vues qu'elle avait postées : le dos des collines, les chapelets de cargos, l'immense pont flottant sur la baie incertaine. La brume montait dès la fin de matinée, droit sortie de la mer du Japon, ne quittant la ville qu'à la tombée de la nuit. Mais Dan se foutait complètement des paysages :

s'attaquant méthodiquement aux dernières miettes de croissants, il s'efforçait, de son doigt sec, de déchiffrer l'hymne coréen sur son smartphone.

– Les mecs peuvent se prendre dix fois Hiroshima sur la gueule et tu sais ce qu'ils chantent ? *Des hibiscus à perte de vue, des fleuves et des montagnes splendides, que vive à jamais la Corée*… Antoine, c'est quoi le mot pour *Corée* ?

– Tais-toi, ça commence !

Les joueurs de Busan se plaçaient en défense. Dan s'était lancé dans la théorie du base-ball – il maîtrisait les règles de tous les jeux du monde –, mais Antoine n'écoutait pas, il avait hâte de voir Sid. De voir aussi la réaction de son frère. Dan ne connaissait pas bien Sid, il devait la ranger dans la catégorie des filles étranges, pas chiantes et plutôt drôles, mais quand même bien allumées. Et à l'épilation aléatoire. Elle finira par se trouver, avait-il balancé un jour, comme il aurait parlé d'une punk à chien ou d'un séminariste douteux. Cette condescendance…

Antoine y avait sa part. Il aimait bien l'idée de garder Sid pour lui seul, et son mystère irréductible. Les gens exigeaient toujours qu'on clarifie, qu'on précise, qu'on expose, mais lorsqu'elle parlait d'elle, Sid ne cherchait jamais à expliquer, encore moins à justifier quoi que ce soit. Elle racontait, et c'était tout : déformation des livres qui l'avaient élevée et tirée des eaux stagnantes de l'Odet, de ces quatre étages bourgeois où rien ne se passait, jamais, rien qui n'ait été prévu et englouti dans un quotidien indifférent.

Comme tous les rejetons de bibliothèques trop garnies, Sid avait des siècles et douze ans pour toujours. Le jour de sa majorité, elle avait pris trois décisions : changer de prénom, se raser le crâne et rendre les clés de la chambre parisienne que lui louaient ses parents. Sa mère avait beaucoup pleuré. Pas tant pour le prénom – résolution idiote et non avenue –, mais pour les cheveux, tellement beaux, cette fringante crinière de petite dernière, tant de fois disciplinée et apprêtée au réveille-boucles pour les soirs de rallyes. Que, dans lesdits rallyes, lesdites boucles, fermement cramponnées au-dessus de braguettes béantes, aient offert une prise de choix aux jeunes apôtres de la virginité avant le mariage ne lui avait pas paru aussi choquant que leur tonte en bonne et due forme, un matin de décembre – Sid avait le sens de l'événement : elle était descendue dans le salon familial et avait fait son petit effet, à côté du sapin décoré à l'anglaise. La boule à zéro. Personne n'avait goûté la plaisanterie.

Son père n'avait rien dit, épouvanté, surtout, à l'idée que sa fille abandonne ses études de médecine. Il avait été rassuré en apprenant qu'elle se contenterait d'emménager en colocation. Sur ses propres deniers. Après tout, si elle voulait couper le « cordon de la bourse » – formule spirituelle dont il avait régalé ses amis jusqu'à la mi-janvier – en s'épuisant, le soir et les week-ends, à servir des verres à des dégénérés, pourquoi pas. Tant que sa fille filait droit…

La consternation était venue plus tard, et avec elle le désespoir. Puis la honte, indélébile. Et la rupture, enfin.

Les boucles n'avaient pas repoussé, mais Sid avait atteint l'objectif prévu. Elle avait brillamment réussi ses examens, et plus que ça d'ailleurs : arrivée quasi en tête et du premier coup, elle avait l'embarras du choix, de la cardio à la neurochirurgie, en passant par la médecine intensive et la réa. Et quand les enfants viendraient (*plus tard, plus tard, rien ne presse*), un petit temps partiel dans un cabinet du Vésinet et le tour serait joué. Sid n'avait rien prémédité. Tout ce qu'elle avait fait avait été d'examiner, à fond et en détail, ce qui se présentait à elle, et de choisir. À sa manière.

La gynécologie.

Stupeur, rue de Chateaubriand. Le mot même (*la quoi ? la gyné…*), salace, indécent, gênait aux entournures. Rien de comparable, pourtant, avec ce qui attendait ses parents lorsque, six mois plus tard, Marie-Sidonie (personne n'avait jamais considéré ne serait-ce que la possibilité de l'appeler Sid) leur annonça qu'elle comptait exercer son droit au remords pour s'engager, finalement, dans des études de sage-femme. Les vivres étaient déjà coupés et les chapelets à saint Sidoine, particulièrement bien placé en matière de miracle, n'y firent rien.

Sid revint quelquefois, puis, de Noëls ratés en anniversaires décommandés, plus du tout. La cellule familiale s'était de toute façon reconstituée autour de la ponte annuelle des deux aînés, Sid devenant peu à peu une tante bizarroïde, possiblement lesbienne et en tout cas peu fréquentable, qu'on continuait à inviter, tout en espérant qu'elle ne vienne pas – ce à quoi elle consentait volontiers.

Dans les dîners, son père restait muet. Sa mère, elle, se contentait de dire, du bout des lèvres, qu'elle travaillait *en gynécologie* et qu'elle *prenait son temps* côté mariage. Ils avaient cessé de poser des questions, sage décision : apprendre que Sid avait finalement lâché l'hôpital pour monter des ateliers d'autoexploration du sexe féminin, tout en jouant les Véronique et Davina pour payer son loyer, aurait sans doute été le coup de grâce.

Antoine et Dan avaient raté l'entrée en scène de Sid.

Son nom avait dû apparaître, au bas de l'écran, mais comme rien n'était sous-titré, ils n'avaient vu qu'une agitation diffuse dans le coin gauche de la pelouse, sous l'affichage du score. Sid était bien là, pourtant, minuscule silhouette, d'abord noyée dans l'immensité du stade, puis colossale sous l'œil des caméras. Sublime et remontée comme jamais.

Dan hallucinait, Antoine n'avait pas besoin de le regarder pour le deviner. Il avait même lâché son téléphone. Et il n'avait encore rien vu. Antoine connaissait les playlists de Sid par cœur. Elle testait ses mouvements le week-end, face au miroir de la chambre, sono à fond. Il reconnut les premières mesures d'*Off The Wall*, dont elle avait accéléré le tempo. C'était parti : torsions du bassin, petits sauts tournés à gauche, à droite, et ce truc qu'elle avait trouvé au printemps, le déhanché latéral, tout droit sorti des années 1980. Parfait sur Michael Jackson.

Les participants, une grosse centaine, suivaient en rythme, déchaînés. On les voyait sautiller et danser devant la scène, chantonnant peut-être, pour ceux qui n'avaient pas encore le souffle coupé. Quand les paroles s'affichèrent, en anglais et en coréen, syllabes colorées une à une en un karaoké géant, une clameur s'éleva. Et le stade tout entier, se dandinant approximativement sur les mouvements de Sid, glissa sa voix dans celle du roi de la pop :

So tonight…
Gotta leave that nine to five upon the shelf
And just enjoy yourselffffff

Antoine contemplait le corps de Sid : les perles de l'effort, sa peau brunie par un été au bout du monde. Il sourit aux légers mouvements du canapé qu'il sentait tressauter à côté de lui. Absorbé par le spectacle, Dan se balançait, suspendu aux envolées de la ballerine.

Le bouclage

– Putain ! L'index…

La voix inquiète de Sid lui parvint, étouffée par la frappe du pilon. Elle était rentrée la veille, pile à temps pour le bouclage.

– Tout va bien, Antoine ?

Il surgit dans l'embrasure de la porte. Il devait faire peur : combien de jours sans se raser, combien de semaines, de mois, depuis sa dernière coupe de cheveux ? Une vieille chose hirsute, voilà comment il terminait l'été : sur les rotules et plus pâle qu'un testicule danois.

– Je n'ai pas d'index, Sid ! Comment j'ai pu oublier ça ?

Les larmes pointaient, Antoine le sentait au picotement de ses narines. Il allait craquer, là, devant les trois mojitos qui le narguaient sur la planche à découper (*Qu'est-ce qu'on attend pour faire la fê-te ? Qu'est-ce qu'on attend pour être heu-reux ?*).

Dan jaillit de la salle de bains, une serviette vaguement nouée à la taille.

– Qu'est-ce qui se passe ? Tu t'es encore coupé ?

– Mais non ! L'index de la thèse !

Les fourmis remontaient, de pire en pire, comme un crépitement maintenant, jusqu'aux yeux d'Antoine. Hors de question de s'effondrer, pas devant son frère, pas devant Sid et lui. *Respire, gars, respire…*

La panique le gagnait. Il s'était promis de tout envoyer avant minuit, avec un jour d'avance. Question d'honneur, de panache. Et puis, avec la prérentrée du lycée le lendemain, il ne parviendrait plus à se concentrer. C'était ce soir ou jamais. Sauf que, avec sa cohorte de noms d'auteurs, d'éditeurs, de parlementaires, l'index représentait un travail colossal. Sans oublier les titres, les lieux, les… Un gouffre. Antoine pensait la bête bouclée, cadenassée à triple tour, et voilà que ça dégueulait par les fenêtres, gluant, grouillant, impossible à contenir. Il n'y arriverait jamais.

Sid et son frère n'étaient pas de cet avis.

– Et si tu laissais tomber les catégories ? Tu ne peux pas te contenter d'une liste générale ?

Et s'il laissait *tout* tomber, simplement ? Pas d'index : fin de l'histoire. Qui le lirait, de toute façon ?

Les mojitos attendaient. Et le champagne, le kimchi rapporté de Séoul dans les bagages de Sid, les trois tartelettes au citron de Tricatel. Il avait la bénédiction de Google, apparemment : *thèse-sans-index-grave ?* ne donnait rien du tout, le moteur de recherche indiquait même *grave* comme terme manquant. ~~*Grave*~~. Par acquit de conscience, Antoine interrogea l'historique de sa boîte mail.

Merde, un vieux message de son directeur de recherche.

Re-Part. I Chap. 2.1.1.
Cher Antoine,
Très bien, sur la radicalisation progressive du camp catholique. Le panorama associatif est complet, apport décisif de votre thèse, il faudra le mettre en valeur dès la publication, avec les points forts de la recherche : annexes, **index** et archives inédites. Le prochain séminaire débutera le 12 décembre, je serai de retour le 7.

Sid et Dan l'observaient en silence. Antoine n'avait pas le choix, il avait besoin d'eux. Dans la chambre, l'ordinateur était resté en veille.

La première partie de la liste ne prit pas plus d'une heure. Dopés aux mojitos préparés à la chaîne par Antoine sur la table de nuit, Sid et Dan faisaient des samaritains de choc, de vraies machines de guerre. Leurs voix fortes et mécaniques résonnaient d'un bout à l'autre de la pièce, de manière surréaliste :

– Pierre Ottavioli. O-T-T-A-V-I-O-L-I

– Pages 47, 104-109, 880.

– C'est bon pour moi.

– Pierre Mac Orlan. M-A-C espace O-R-L-A-N. C'est quoi ce nom, Antoine ?

– Un pseudo d'écrivain… Pierre Dumarchey, en vrai.

– On met Dumarchey, alors ? Comment ça s'écrit ?

– Non ! On se fout de Dumarchey ! Personne ne connaît Pierre Dumarchey !

– Personne ne connaît Mac truc non plus...

– Bien sûr que si, tout le monde le connaît ! C'est comme... Jack London, comme Jules Verne ! *La Bandera, Les Clients du Bon Chien jaune*... Sid ?

Mais Sid ne voyait pas. Ni elle ni Dan n'étaient convaincus, comme si, d'un coup, ils s'étaient ligués contre lui. L'exaspération montait.

– On passe, je vous dis ! Si on part dans les pseudos, c'est foutu. On ne va pas commencer à rajouter Sadie Blackeyes ou Chevalier de X !

– C'est qui, ceux-là ?

– Mac Orlan !

– Mais il a combien de pseudos ?

– C'est un pornographe, il brouille les pistes !

– Donc, si je te suis, on ne met pas les pseudonymes ?

– Voilà...

Doucement, il ramena son frère à la raison. *Respire...*

– Mais, le vrai nom du mec, c'est Dumarchey. C'est bien ça ?

– Oui. (*Ta gueule, Dan.*)

– Alors, on enlève Mac Orlan ?

– Mais non !

– C'est un pseudo...

– Mais c'est sous ce nom-là qu'il est connu ! Comme pour Sid, on ne va pas mettre Marie-Sidonie ! On garde le nom sous lequel les gens sont connus. Et... qu'est-ce que tu fous à moitié à poil ?

Antoine avait hurlé. Sid se racla la gorge. Elle reprit :

– Pour les pages de Mac Orlan, j'ai 121, 127-145 et 477. C'est bon pour toi, Dan ?

Antoine s'en voulait de s'être défoulé sur son frère. Il disparut dans la cuisine : le champagne qui attendait au frais ferait amende honorable. De l'autre côté du couloir, il les entendait continuer :

– Duponchelle, Noémie. D-U-P-O-N-C-H-E-L-L-E : 43, 44, 520.

– Ça sent l'actrice porno, ça, Noémie Duponchelle, fais gaffe, Marie-Sidonie : à tous les coups, c'est un pseudo.

Rire de Sid. Très vaguement étouffé.

Les cons…

– Je t'entends, Dan ! Et va t'habiller, bordel !

Mais pour rien au monde, Antoine n'aurait voulu être ailleurs.

L’emploi du temps

La formule était magique. Quel que soit le lycée, elle était l’horizon absolu, le sésame qui faisait lâcher le croissant, laisser le café refroidir et sortir des toilettes dare-dare, la raison la plus crédible de monter dans un RER désert à sept heures du matin aux confins du mois d’août, avec ce mélange d’enthousiasme et d’appréhension des écoliers et des conscrits, l’indétrônable temps fort de n’importe quelle journée de prérentrée : l’annonce des emplois du temps.

Les préliminaires n’étaient pas désagréables mais, vers dix heures, quand débutait l’assemblée plénière, personne ne rigolait plus. Certains se retranchaient dans une brève prière (*pas le samedi matin, pas le samedi matin*), tandis que d’autres se répandaient en sombres pronostics, déprimant jusqu’aux rangs de devant.

La partie se jouait différemment cette année-là. La nouvelle avait filtré dès la semaine précédente mais on attendait de voir pour croire, et on avait vu : Blob – le proviseur – n'était plus là. Un autre avait pris sa place, plus grand, plus cravaté, et personne n'avait été prévenu. Les rumeurs avaient fusé, de la plus crédible (défiguré par une maladie auto-immune) à la plus saugrenue (démis par le rectorat pour incapacité), mais la vérité était que personne, pas même Nathalie, la secrétaire de direction, ne savait quoi que ce soit. Cependant, malgré l'effroi d'une rentrée non préparée, qui plus est en cravate saumonée, le soulagement était général : on ne pouvait pas faire pire que Blob.

Blob (« organisme unicellulaire dépourvu de système nerveux ravageant avec méthode l'environnement local », selon la fiche Wikipédia placardée au fond de la salle des profs) devait son surnom à l'équipe de SVT qui nourrissait à l'égard de la direction une haine viscérale. Si on avait perdu de vue l'origine des hostilités, le démantèlement des labos avait mis le feu aux poudres : les professeurs de SVT avaient voté en représailles le boycott de l'éco-classe – fleuron du lycée cité par l'inspection dans les « pratiques innovantes à diffuser largement » –, chantage jugé inacceptable par Blob qui, à force de couinements rageurs (plafond émotionnel de l'espèce), avait fini par se venger. En nuisible monozygote qu'il était, il avait déserté le lycée sans rien dire, une semaine avant la rentrée, les abandonnant tous au chaos de la rénovation.

10 h 40. Le silence tardait à se faire dans le réfectoire jaune et bleu, transformé pour l'occasion en salle de classe géante. Bien réparties par matières, les piles d'emplois du temps rongeaient leur frein sur une longue tablée gardée par

une Nathalie plus farouche que jamais. L'objet du désir, là, à quelques mètres d'eux. Pas touche, pourtant ! Histoire de bien montrer qui avait le pouvoir. Et une fois de plus, pour Antoine, ce sentiment de rapetisser et d'avoir quatorze ans. Dans tous les établissements qu'il avait fréquentés, c'était le même cirque : une sorte de bizutage ou de vengeance mesquine, répétition inconsciente des mêmes mécanismes de domination. On les traitait comme eux traitaient leurs élèves, et ainsi de suite, en cascade, hiérarchie aliénante et soumise, aux hochets bien huilés. Le bon point, la bonne note, la bonne prime, le bon rapport, la bonne mutation, la bonne retraite. Mais surtout, surtout : le bon emploi du temps.

C'était clair, à présent, il y avait un problème. Les explications du proviseur adjoint étaient anormalement longues. Quel intérêt de rabâcher tous ces chiffres ? De revenir sur le calendrier du chantier ? Raclements de gorges, lumière bleue dans toutes les paumes : on s'impatientait. La cravate reprit les rênes.

– Comme le souligne M. Rostaing, la situation est inédite. L'ensemble des personnels est impacté et…

Une mutinerie avait éclaté au premier rang. Des professeurs s'avançaient sous le regard paniqué de Nathalie qui, instinctivement, s'interposa devant les piles d'emplois du temps. Mais la situation était incontrôlable et la barricade céda.

– C'est une blague ? Où sont les emplois du temps ?

Le proviseur s'était levé, lui aussi. Sa voix ne portait déjà plus.

– En l'é-tat, je dis bien en l'é-tat, il n'a pas été possible d'établir les emplois du temps définitifs !

Antoine n'avait jamais vu, jamais entendu ça : le grondement des chaises, l'éclat des voix dans tous les sens, exactement comme dans les films, avec procès qui dégénère et menace (*tap, tap, tap, tap*) d'évacuer la salle.

La vérité n'était pas compliquée. Il n'y avait pas d'emplois du temps car, tout simplement, il n'y avait plus de lycée. La bloberie ultime :

Mon premier est une commande de préfabriqués d'un maximum de 25 places.

Mon deuxième est une moyenne de classe à 34 élèves.

Mon troisième est la démolition anticipée de 60 % des bâtiments.

Mon quatrième est l'absence de blocs sanitaires.

Mon tout est un champ de ruines censé accueillir, dans 24 heures, 1 327 lycéens.

Le seul trait d'humour de Blob en trois ans de mauvais et déloyaux services.

La rentrée serait donc décalée. D'au moins trois jours, avait précisé le nouveau proviseur, le temps d'attendre le retour du rectorat et de transformer le CDI en « open space pour les bacs pros » – personne n'avait ri. Trois jours. Et d'ici là, probablement, l'établissement des emplois du temps définitifs.

Antoine ne voyait pas du tout comment, en si peu de temps, le lycée pourrait rouvrir ses portes – qu'il n'avait plus –, ni par quelle grâce le rectorat accorderait son feu vert à l'ouverture de six classes supplémentaires, quand n'importe quel lycée galérait à dédoubler le moindre cours d'anglais. Mais des miracles s'accomplissaient en trois jours, alors…

La question de son emploi du temps l'indifférait. Il n'avait même pas pris la peine, au début de l'été, de remplir sa fiche de vœu : son existence se bornait au 31 août, point final. La manière dont il employait son temps était réglée depuis six ans : thèse-lycée-thèse-lycée-thèse-lycée. *Ad nauseam.*

Le Nemours

Antoine s'était installé en terrasse, avant de se raviser. Trop froid. Le vent de septembre s'engouffrait dans les colonnes : ils seraient mieux à l'intérieur. Il avait un bon quart d'heure d'avance mais, de la banquette, il distinguait les bulles multicolores de la bouche de métro. Il espérait que Sid sortirait en premier. Impossible de se retrouver seul avec Audrey, même cinq minutes. C'était elle qui avait proposé le Nemours : simple, central, aucune chance d'y croiser Dan ni qui que ce soit, plus personne n'allait dans ce genre d'endroit, en dehors des touristes et des vieilles veuves en beige. Y boire un verre à la rigueur, les soirs de spectacle, mais là, en fin de matinée… La librairie en face n'était même pas ouverte et le théâtre voisin faisait relâche.

Antoine aperçut Sid qui le cherchait du regard. Audrey arrivait du fond de la place, elles eurent le temps de s'embrasser avant de franchir les doubles portes du café. Il essaya de ne pas penser à la manière dont il avait abrégé sa dernière conversation avec Audrey, à ce message minable envoyé fin juillet : *pas de réseau, je te rappelle.* Il n'avait jamais rappelé. Elle non plus.

– Il vit chez vous, c'est ça ?

La mousseline du Java impérial se baladait d'un bout à l'autre de la tasse. Les longs doigts fins d'Audrey trahissaient sa nervosité. Ses yeux, en revanche, restaient impénétrables : un beau gris-vert, neutre, droit dans ses bottes. Antoine l'avait rarement trouvée aussi belle, enfin, si on aimait le genre Carole Bouquet. Face à la Comédie-Française, le Nemours lui allait comme un gant.

– Pas exactement. On n'a pas évoqué la suite. Il doit rentrer pour le boulot, non ?

Qu'est-ce qu'il racontait ? Il était évident que Dan n'avait aucune intention de rentrer, ni aucun projet d'ailleurs. Plus les jours passaient, plus son frère s'enfonçait dans l'ici et maintenant du canapé, rue de Vintimille. Il ne parlait même plus de son travail. Antoine pouvait parfois saisir quelques bribes de conversation, la voix assurée de Dan, avec son accent parfait ; il avait aperçu des courbes, des nuages de points et des tableaux interminables, partout sur ses écrans. Antoine n'allait pas chercher plus loin que la version officielle : *working from home.*

– Il vous a parlé de ce qui s'était passé ?

– Un peu.

– Vous êtes au courant pour la voisine, j'imagine ?

– Oui.

C'était Sid qui venait à la rescousse. Audrey avait insisté pour qu'elle soit là. Elles étaient bien plus proches (toutes proportions gardées) et, à l'évidence, bien plus douées pour communiquer que n'importe qui chez les Thérieux.

– Et la fille, comment va-t-elle ? demanda Sid.

– Bien. Enfin, je n'ai plus de nouvelles. Son mari a voulu porter plainte, c'était lui le plus choqué. Et puis ça s'est tassé. Je ne crois pas qu'ils fassent quoi que ce soit maintenant. Avec les vacances, le bébé, ils sont passés à autre chose. J'habite ailleurs, plus au nord, vers Hackney. À côté du resto italien où on vous avait emmenés.

– C'est pour ça qu'il aurait disjoncté ? souffla Sid.

– Peut-être… Je n'en sais rien.

Quelqu'un avait supprimé les sous-titres : Antoine ne comprenait rien, ni à ce qu'elles disaient, ni au regard d'Audrey, qui avait rejoint la mousseline dans la tasse de thé froid, ni à la main de Sid, qui s'était avancée vers elle, avant de rebrousser chemin. Quel rapport avec un restaurant italien ?

Antoine hasarda :

– Je croyais que c'était l'ancienne usine… la chèvre…

Il sentit le regard d'Audrey fondre sur lui.

– Quelle chèvre ?

– Dans les trois boîtes. Que la fille n'avait pas compris et Dan…

– De quoi tu parles ?

Il sentit la légère pression de Sid contre son genou droit. *Laisse, Antoine… Laisse-moi parler, maintenant.*

Audrey avait répondu de manière brutale, inhabituelle. Son buste s'était raidi. Elle le fixait toujours, Antoine avait l'impression qu'elle aurait pu le dépecer, là, sur place, rien qu'avec ses yeux. Mais au lieu de cela, elle se ratatina sur la banquette, comme ces vieilles dames qui commençaient à les dévisager. Sa voix était presque inaudible.

– Ça a commencé aux alentours de Pâques, un peu avant, à peu près au moment où tes parents sont venus. Le dos, les insomnies, l'alcool pour faire passer… Je voyais bien qu'il s'enfonçait, mais qu'est-ce que j'y pouvais ? Les hormones, les piqûres à heure fixe, les tests qui reviennent systématiquement négatifs, c'était lourd pour nous deux ! On a cru que ça avait marché au début du mois de mai. J'avais… enfin vous voyez, quoi. Et puis non. On a compris que ça ne marcherait pas. Après deux ans, vous allez me dire… La clinique s'en foutait : tant que tu paies, les essais sont illimités. Peut-être que ça se serait passé différemment, ici ? Tu dois savoir ça, Sid…

Le serveur dressait la table d'à côté. Ils le regardaient sans le voir : sets, couverts, serviettes, le ballet rodé d'avant midi. *Autre chose ? Non, merci.* Surréaliste.

Audrey reprit :

– Le plus dur, c'est que ça avait marché. Il y a quatre ans. Du premier coup, ou presque. Et là, on n'arrive même pas à… comme si…

Elle se décomposait, tendue des tempes aux mâchoires, tentant de refouler les premières larmes. Elle s'excusa pour filer, comme un ressort, en direction des toilettes. Antoine se tourna vers Sid.

– Tu étais au courant, toi ? Qu'ils faisaient… qu'ils essayaient d'avoir un enfant ?

– Oui.

– Et tu n'as rien dit ?

– Audrey m'en a parlé, l'hiver dernier. J'imagine que c'était privé.

– Mais c'est mon frère !

– Justement.

– Quoi, justement ? Pourquoi, *justement* ?

– Ce n'est pas à moi de jouer les intermédiaires. Si votre relation est tordue, c'est votre affaire. Pas la mienne, pas celle d'Audrey. Peut-être que Dan ne voulait pas t'en parler, mets-toi à sa place.

– Parce que ma relation avec Dan est tordue ?

– Elle est ce qu'elle est.

Il détestait ça, quand elle affectait cet air détaché, ce petit style catho bien calme (*c'est toi qui le dis*) qui avait le don de le mettre hors de lui. Et puis ça commençait à devenir agaçant, cette manie qu'elle avait de prendre le parti de Dan depuis qu'elle était rentrée. Il passa ses nerfs sur le sachet de sucre, tandis qu'ils attendaient le retour d'Audrey. En vain.

30 K

Antoine avait beau réfléchir et analyser les moindres paroles de son frère, il ne voyait rien. Rien de ce qu'Audrey leur avait raconté au Nemours, comme si elle avait évoqué quelqu'un d'autre. Dan et lui n'étaient plus intimes, après tout. Ils n'étaient pas vraiment étrangers l'un à l'autre, c'était juste qu'ils ne se parlaient plus, ou plutôt (ils ne s'étaient jamais véritablement parlé) que le lien s'était rompu, comme une amarre détachée par les années.

Il surveillait Dan comme le lait sur le feu, sans parvenir à comprendre. Jamais il n'avait entendu son frère parler d'enfant, encore moins de clinique ou de quoi que ce soit du genre. Sur ce sujet, Antoine s'était, au fil du temps, rangé à la version officielle, celle que sa mère lui servait à chaque fois : Audrey aurait bien voulu, mais c'était compliqué. Antoine avait toujours pris ces complications pour une de ces sentences faussement délicates (*je ne juge pas, mais…*)

qui trahissaient le peu d'affection de sa mère pour sa presque belle-fille : Audrey travaillait trop, elle était trop maigre, s'habillait trop bien, aimait trop Londres, votait trop à droite, faisait trop de sport. Bref, pas faite pour la maternité.

Et si sa mère avait voulu dire autre chose ? Et si les choses étaient réellement compliquées ? Admettons : Dan avait envie d'une famille. D'un enfant. Avec Audrey. Et ça ne marchait pas. Mais de là à devenir psychopathe ? Et toujours ce mur de silence, impénétrable, infranchissable. Il avait dû avoir tellement honte pour abandonner ainsi Audrey, passer trois mois sans donner de nouvelles en continuant à payer sa part de loyer comme si de rien n'était. Savait-il au moins qu'elle avait déménagé ? Qu'elle l'attendait ?

Son frère avait vraiment merdé. Le magnifique, le flamboyant : rien du tout ! Le minable, le lâche, le taré, oui ! Antoine l'observait, ventousé comme toujours à l'un de ses écrans. Le crâne de Dan dépassait à peine du canapé, comme un scalp d'Indien, les cheveux en bataille, légèrement clairsemés. *Big Brother*…

La séance d'espionnage touchait à sa fin, Antoine avait cours à onze heures. Ses élèves étaient un excellent dérivatif. Le lycée avait fini par rouvrir, dans un état catastrophique. La Bosnie sans les Casques bleus. Les préfabriqués avaient été déposés n'importe où, au petit bonheur, comme la partie de Tetris d'un octogénaire sénile. L'été était loin à présent, une méchante pluie tombait en continu, creusant d'énormes flaques entre les containers juchés sur des blocs d'aluminium. Quand il débarquait au lycée, Antoine plongeait dans la grisaille d'un ciel de guerre, avec snipers et rues boueuses. *Le Journal de Zlata*, et lui à dix ans devant Antenne 2.

Les élèves, eux, n'avaient pas rigolé longtemps. Passé la stupeur des premiers jours, ils avaient vite compris. Les secondes surtout, qui en prenaient pour trois ans. Le gros lot. Le retour des vacances de la Toussaint avait douché tous les espoirs : il fallait bien se résigner, le chantier de rénovation ne faisait que s'enliser. Le pire, ce n'était pas le manque de places, ni le choc thermique des radiateurs d'appoint que personne ne parvenait à régler, ni, dans les premières semaines, l'autorisation de rentrer chez soi pour aller aux toilettes, tant l'unique module, ridiculement exigu, était nauséabond, ni même l'errance entre les baraquements, à la recherche d'une salle disponible, non, le pire, c'était le bruit : la cour tremblait, du matin au soir, sous les coups de la pelle mécanique et du broyeur à béton. Le soir, dans sa chambre, Antoine entendait encore le martèlement sourd et régulier, un *tchac tchac tchac* débarquant sans prévenir, en rafales, prenant les tripes et le cerveau en otage.

Il se rappelait avoir vidé son casier au début de l'été mais, avec la démolition de la salle des profs, il avait été incapable de remettre la main sur ses affaires. Les manuels de français étaient tout aussi introuvables : la petite réserve adossée au CDI avait été « libérée » pour stocker le matériel de l'éco-classe – abandonnée depuis – et ne contenait plus qu'un poulailler en kit, plusieurs sacs d'argile et quelques exemplaires de *Britannicus*, gondolés par l'humidité d'un grand bac de terreau.

Sans compter la nouvelle règle du zéro papier. La région s'était lancée dans la révolution numérique : une tablette pour chaque élève et un vidéoprojecteur par enseignant – enfin, quand le wifi fonctionnerait et qu'on se déciderait à fixer des stores occultants. Une charte rationnait désormais les photocopies et le crédit « personnalisé » d'Antoine s'élevait à deux cent cinquante feuilles par trimestre. Au-delà, toutes les dix copies, il fallait une autorisation spéciale. Antoine en était déjà à sa deuxième dérogation et avait compris, au regard de Nathalie, qu'il n'en aurait pas d'autre : s'il voulait déboiser la planète, ce serait sur ses propres deniers.

Une collègue d'allemand avait bien voulu le dépanner d'une cinquantaine de dossiers parus pour l'Armistice. *Écriture et mémoire. Erinnern von Vergangenheit für Gegenwart und Zukunft* : il avait tenu trois semaines avec ça. Apollinaire marchait toujours fort avec les élèves – le coup du bandeau, la colombe, l'acharnement amoureux… Il avait tenté d'enchaîner avec quelques pages du *Flâneur des deux rives*, mais ses classes avaient protesté : le coup du type sur les quais de Seine qui cherchait des bouquins, ça allait deux minutes, il était pervers ou quoi ? Il aurait dû leur rapporter sa thèse et des extraits des *Onze mille verges*, juste pour voir leur tête. Du Apollinaire bien remonté :

Elle avait un con très poilu. Elle était très chaude et la main fut bientôt à l'intérieur d'une fente humide, tandis que Mariette s'abandonnait en avançant le ventre. Sa main à elle errait sur la braguette de Mony qu'elle arriva à déboutonner. Elle en sortit le superbe boute-joie qu'elle n'avait fait qu'apercevoir en entrant.

Déjà qu'ils trouvaient *Germinal* limite porno… Sid aurait dû organiser une de ses formations, ici, avec son camion, histoire de leur dérider les parties.

La collègue d'allemand (il devait faire pitié) lui avait aussi filé un vieux carton marqué au feutre rouge : *30 K*. Il avait envoyé la photo à Dan, mais celui-ci n'avait pas compris, il n'avait sans doute aucun souvenir de cette soirée de juillet, du repas de famille, de son installation rue de Vintimille, encore moins des conneries qu'il avait balancées ce soir-là. Antoine se rappelait parfaitement, lui, du débarquement de son frère et du dîner chez leurs parents : le Brexit, les salaires à 30 K et la vie qui roulait avec Audrey. Elle n'avait pas cherché à les revoir après le Nemours, mais elle avait insisté pour connaître la date de la soutenance. *J'aimerais être là*, avait-elle écrit. Antoine n'en avait pas encore parlé à Dan.

Le carton poussiéreux ne recelait aucun pactole : 30 K pour une trentaine d'exemplaires du *Procès* de Kafka, en édition bilingue des années 1980. Avec ça, il tiendrait bien jusqu'à la mi-décembre…

Antarès

ALTAÏR, NAOS, ANTARÈS, ANTÉE, FIDIS, ATRIA, HÉLIOS, CAPELLA, ÉLECTRA, ÉLARA : Antoine contemplait, sur son écran, la constellation incroyablement nette et lumineuse. Il ne s'attendait pas à tant de poésie de la part du ministère de l'Enseignement supérieur.

Pour la qualification à la fonction de maître de conférences, cliquer sur ANTARÈS. Fin du trip intergalactique : derrière le décorum de météores incandescents, on retombait illico dans la novlangue universitaire.

Le domaine applicatif GALAXIE et ses composantes ANTARÈS, ANTÉE, FIDIS, ALTAÏR, ÉLECTRA, NAOS, ATRIA ont été conçus pour simplifier le dispositif qui sous-tend la procédure de recrutement des enseignants-chercheurs.

Voilà, il y était : la gorge qui se serrait, l'estomac qui se contractait, et déjà l'envie de rendre son petit-déjeuner. Impossible d'y couper, pourtant. Antarès était le passage obligé de tous les jeunes thésards. Pour lui, Antarès était surtout le nom de l'assistant en blouse grise dans *Goldorak*, celui aux grandes lunettes sérieuses, mais pour le Conseil des universités, c'était le logiciel chargé d'évaluer les candidatures au sacro-saint statut de maître de conférences. Pourquoi ce nom ? Antarès était une supergéante rouge en fin de vie de la constellation du Scorpion. Il ne voyait pas vraiment le rapport avec une carrière universitaire, à moins d'être sévèrement déprimé. Ce qu'il était.

Novembre était toujours une épreuve pour lui : les commémorations, les premiers vins chauds, l'heure d'hiver, Radio Laponie sur le moindre marché. En y rajoutant le calvaire administratif pour préparer sa soutenance, c'était l'accablement total. Sid était partie sur les routes de Franche-Comté, elle allait rarement aussi loin mais, pour son dernier atelier (« L'utérus intelligent »), l'association avait ciblé le désert obstétrique : la Somme, les Landes, le Grand Est, partout où la panique l'emportait, et avec elle la colère de ne compter pour rien, les frais de bagnole, les risques d'accident, les hormones au plafond et la confiance à zéro. Elle serait de retour début décembre.

La nuit commençait à tomber, il entendit Dan rentrer. La moindre distraction était la bienvenue, tout plutôt que cette candidature Antarès qui allait lui prendre des heures et qui, surtout, le mettait face à ce qu'il s'efforçait d'ignorer : le monde de l'après-thèse ressemblerait trait pour trait au monde d'avant, l'angoisse et les emmerdements au carré.

L'état de son frère avait empiré.

Parce qu'il n'avait pas eu envie de se confronter au problème, parce qu'il avait dû se concentrer sur la dernière ligne droite, parce que le silence de Sid l'avait laissé libre de le faire, parce qu'il avait plus ou moins été question, selon Dan, d'un « poste de *venture advisor* entre Londres et Amsterdam à partir de janvier », parce que, de toute façon, il n'avait jamais agi qu'ainsi, Antoine avait laissé filer. En l'occurrence, un très mauvais coton.

– Encore !

Dan lança le journal sur la table de la cuisine, le prenant à témoin. Antoine se contenta de refaire du thé. Mais Dan n'allait pas le lâcher (il ne lâchait jamais).

– Ce n'est pas possible ! Tu as demandé au livreur ?

– Deux fois. Je te l'ai dit, Dan : il le dépose sous blister, comme les autres journaux. Il s'en fout, lui.

Il essaya de changer de sujet. Les nouvelles du week-end, par exemple. Des milliers de manifestants bloquaient encore les dépôts pétroliers, le bilan était ahurissant : quatre cents blessés, livreurs, routiers, assistantes maternelles, aides-soignantes, saisonniers, quinze dans un état grave, une femme percutée sur un rond-point. Mortellement. Dan ne l'écoutait pas, tout à son obsession.

– À quelle heure passe-t-il ?

– Quelle importance ? Tu ne le lis même pas !

Sid et Antoine n'auraient jamais dû lui en parler. Jamais. Ils auraient dû se douter que c'était le genre d'histoire à le faire dérailler, exactement ce genre-là : mystère insoluble, plusieurs possibilités, tout ce qu'il aimait, tout ce qui le rendait dingue. Énigmes, casse-tête, Rubik's Cube, équations à cent mille inconnues, le gâteau triangle, les cent condamnés : Dan était accro à ça depuis qu'il était gamin. À douze ans, déjà, il partait en vrille sur *Double assassinat dans la rue Morgue*. Des nuits à s'arracher les cheveux, à refuser de lire la fin, se repassant en boucle les données du problème : la cheminée, la porte fermée, l'argent sur le parquet, la langue inconnue. Antoine le revoyait parfaitement, le même, à faire les cent pas dans leur chambre, évacuant les hypothèses les unes après les autres. Et lui, le petit, livre grand ouvert sur ses genoux croûteux (il en était le gardien, Dan avait solennellement juré de ne plus y toucher), butant sur les mots et n'en comprenant pas un sur deux, mais émerveillé par le sérieux de son frère, au spectacle (mais était-ce un spectacle ?), aux premières loges. Et tandis que Dan décortiquait le moindre indice, lui se délectait des gravures pleine page : la fille dans le conduit, la mère décapitée, et le grand singe, surtout, avec sa boucle d'oreille et ses doigts monstrueux. Cette image-là, il n'aimait pas s'y attarder, c'était la pire, la dernière, si le livre s'ouvrait à cette page, à coup sûr : la bête s'échapperait, la cheminée de leur chambre avait beau être condamnée, la créature trouverait son chemin, forcerait la barricade de dictionnaires et les déchiquetterait de ses ongles crochus. L'un après l'autre.

En observant du coin de l'œil les allées et venues de son frère, cette fébrilité familière qui se cognait aux quatre murs de la cuisine, Antoine sentit remonter ses terreurs enfantines. Était-ce le monstre de la rue Morgue qui le rongeait d'angoisse, à l'époque ? Ou ce petit garçon, si grand déjà, qui arpentait le parquet de la chambre, le regard vide et la voix menaçante – *Ne me dis pas, Antoine ! Ne me dis pas !*

– Vous pourriez mettre un mot sur la boîte aux lettres.

– Quel mot, Dan ?

– *Merci de ne pas récupérer le journal* ou *Merci de ne pas ouvrir le journal* : quelque chose qui montre que vous êtes au courant, que vous n'êtes pas dupes.

– Mais dupes de quoi ? Un voisin retire *Le Monde* de son plastique, point final ! Qu'il le lise intégralement, en fasse une photocopie ou prenne la nécro en photo, je m'en fous, et Sid aussi ! C'est juste… une anecdote rigolote. Je ne sais même plus pourquoi on t'a parlé de cette histoire.

– Pourquoi « un voisin retire le journal de son plastique » ? Qu'est-ce qui te fait dire que c'est nécessairement un voisin.

– C'est une blague ou quoi ?

Mais Dan le fixait le plus sérieusement du monde. Antoine referma le journal.

– Peut-être parce que je n'imagine pas qu'un inconnu se place en embuscade devant chez moi pour guetter le livreur dans le but de s'emparer de mon journal, de le décalotter et de le remettre dans sa boîte, dix minutes plus tard !

– Et si c'était lui ?

– Qui ?

– Le livreur…

– Ça suffit, d'accord ? Il n'y a rien de caché, rien à résoudre, il n'y a rien du tout, rien nulle part ! Laisse tomber, tout ça c'est… (*dans ta tête, dans ta putain de tête ravagée*) des conneries. Vraiment, laisse tomber.

Antoine quitta la cuisine, le journal à la main. Il ne se faisait aucune illusion, Dan ne lâcherait pas le morceau aussi facilement, mais c'en était trop pour lui.

Il retourna sur le site du ministère. ANTARÈS l'attendait, et son déroulé vertigineux de justificatifs à fournir :

– *une attestation permettant d'établir l'exercice de fonctions en position d'activité depuis trois ans conforme à l'article 33 du décret du 18 juin 1983 susvisé dans le cas où cette condition de durée des fonctions n'est pas remplie ;*
– *une présentation analytique des travaux, ouvrages, articles, réalisations et activités en lien avec le profil de la section visée ;*
– *une copie du formulaire ED-2007/DC comportant le titre de la thèse, le nom du directeur, ainsi qu'une copie des rapports de pré-soutenance.*

La liste se poursuivait jusqu'en bas de l'écran. Antoine était consterné. Les mots qui s'affichaient lui semblaient dépourvus de sens, aussi étrangers, aussi altérés que l'horrible langue de la rue Morgue, des mots non humains. Existaient-ils vraiment, ceux qui parlaient cette langue ? Ces gens pour qui ce genre de dossier était normal, facile ? Qui prenaient cela comme une simple formalité, sans envie de vomir à chaque virgule, sans désir de se rouler en boule, ramassé et compact, comme une bête primitive ? Pour qui Antarès était, sans sourciller, une « Application des nouvelles technologies au recrutement des enseignants du supérieur », avant d'être un personnage de *Goldorak*, avant même d'être une étoile ? Des gens que ça ne faisait pas rire ? Que ça ne faisait pas rêver ?

Il ouvrit une autre fenêtre et tapa Antarès dans la barre de recherche. Il n'y avait pas une, mais deux étoiles, presque collées. La seconde était minuscule, sans même un nom à elle, on l'avait juste appelée Antarès B. Aussi bleue que l'autre était rouge, aussi naine que l'autre était géante, tout ça finirait mal, certainement, la partie s'annonçait trop serrée, inégale. Une implosion à court terme guettait Antarès A : comme toutes les étoiles de son espèce, elle s'effondrerait sous l'effet de sa propre masse pour se catapulter en supernova. Mais rien, pas un mot sur le destin de son petit doublon qui orbitait mécaniquement, sans se douter de rien. Antoine ne donnait pas cher de sa peau.

Il imprima la liste des justificatifs et éteignit son ordinateur. Il avait jusqu'au 21 décembre pour envoyer sa candidature.

La part du fou

Il avait parlé avec la plus grande décision possible, mais il aurait éprouvé en réalité le plus vif plaisir à s'asseoir. Il ressentait une sorte de mal de mer. Il se croyait sur un bateau en pleine houle, il lui semblait qu'une eau furieuse frappait contre…

– C'est quoi la houle, monsieur ?

– C'est quand la mer est agitée, quand ça tangue.

– Comme une tempête ?

Antoine leva les yeux, reprit la page de gauche : « *Er glaubte auf einem Schiff zu sein, das sich in schwerem Seegang befand.* » Ça n'allait pas beaucoup aider ses élèves.

– Non, plutôt un roulis, un balancement. C'est pour ça qu'il parle de mal de mer. Joseph K. prend conscience que le procès est bien réel, même s'il est absurde. Il perd l'équilibre, au propre comme au figuré. Quelqu'un pourrait réexpliquer le propre et le figuré ?

Les trois quarts des visages plongèrent instantanément. Pas vu, pas pris.

– Myriam ?

– Le propre, c'est le vrai, c'est quand ça arrive. Le figuré, au contraire, c'est faux, imaginaire.

– Voilà. Enfin, quelquefois l'imaginaire peut être vrai, lui aussi. Mais passons... Si je dis, par exemple, que je suis tombé sur Myriam en arrivant au lycée, ce matin : au propre ou au figuré ?

– Au figuréééé !

Une quinzaine de voix à l'unisson. C'était déjà ça, la moitié de récupérés. Les mots techniques tétanisaient les élèves, surtout au premier trimestre. Ils se rétractaient dans leur blouson, le regard fuyant : trente-trois bernard-l'ermite qu'il fallait déloger, lentement, à l'aide de congénères plus téméraires.

– Et pour Joseph K. ? Quand il perd l'équilibre dans le couloir du greffe ?

– Au propre !

– Pourquoi ?

– Ben, il est mal ! Il a envie de vomir et tout, il n'arrive pas à rester debout.

– Et au figuré ?

Silence. Enfin, façon de parler : avec le martèlement des travaux qui montait de la cour, le silence s'était fait la malle depuis longtemps, en même temps que Blob. Le chauffage avait suivi le même chemin et, de manière générale, le souvenir des cours « normaux », comme disaient les élèves. Antoine se méfiait de leurs normes mais, sur ce point, difficile de leur donner tort, surtout si l'on entendait par *normal* le fait d'avoir de quoi s'asseoir, travailler, manger et pisser à peu près convenablement. Au fond, il était moins question de normalité que de décence. La plus élémentaire. Mais ça ne collait pas, visiblement, avec la *refondation d'une école des fondamentaux* si chère au ministère.

– On est d'accord. Joseph K. est en train de s'écrouler, comme s'il allait s'évanouir, s'effondrer. Mais au figuré, comment pourrait-on la comprendre, cette histoire d'équilibre ?

– Que c'est un déséquilibré…

– Comment ça ?

– Un mec pas équilibré, un grand malade, quoi ! Avec tout ce qui lui tombe dessus, avec le procès…

– C'était quoi, son équilibre dans sa vie d'avant ?

– Ben, je sais pas ! Sa vie ! La banque, et la fille, là.

– Donc…

– Sérieusement, monsieur ! Comment l'auteur, là, Kafka, il a pensé à tout ça ? Il est pas bien, il a chaud, ça arrive, c'est tout.

Antoine n'eut pas le temps de répondre, la sonnerie vidangea la salle en une minute chrono. Sa journée de cours était terminée. Avec un peu de chance, il attraperait les derniers rayons de soleil sur le chemin de la gare. Il avait hâte de rejoindre Sid, qu'elle lui raconte sa tournée et qu'il lui dise, pour Kafka.

Contre toute attente, les *30 K* étaient un véritable succès. Il devait s'être produit une sorte d'identification collective, un rapprochement inconscient entre le chaos du lycée et l'écroulement de Joseph K., le tout porté par la voix d'Antoine, lente et puissante, pour couvrir le grondement du chantier. Il avait parfaitement conscience que son engagement dans le texte dépassait de loin le cadre de son cours – enfin, *cadre* était un bien grand mot dans le formidable bordel qu'était devenu le lycée – et que ses élèves, s'ils n'en étaient pas déjà convaincus, le percevaient de plus en plus nettement comme un spécimen ravagé, plutôt sympa avec ses bouquins, mais qui, quand même, *déconnait sérieux*. Il lui avait donc fallu dix ans pour devenir une caricature de prof de lettres. Il avait pourtant le sentiment que cette dérive, cette virée hors des clous – Kafka n'était pas au programme et il se contentait d'une lecture à voix haute – était précisément ce qui avait le plus de sens pour ses élèves comme pour lui. Une forme de résistance passive à la violence extérieure, pas celle des blocus, non, celle-là était déjà une réaction, mais la violence originelle, celle des pelleteuses, des cours en manteau et des bacs blancs à la maison *pour des raisons logistiques*.

Les journalistes s'étaient mis à shooter compulsivement les poubelles calcinées, les abribus défoncés, on parlait maintenant de « dérapage lycéen », d'« escalade » et même de « guérilla urbaine » (ils avaient laissé tomber « émeutes », trop 2005). On se serait cru dans *The Wire* : Coudray-sur-Seine is the new Baltimore. Le ministre avait déclaré à la télé qu'il ne voyait aucune « raison rationnelle » à la mobilisation, qu'il n'y avait « pas de raison » que la colère jaune gagne les établissements scolaires. Mais qu'est-ce qui était raisonnable ? Et qui fallait-il raisonner ? Non, décidément, Kafka n'était pas une si mauvaise option.

Lorsque Antoine sortit du métro, il faisait tout à fait nuit. La place Blanche était bondée, les touristes se pressaient devant le Moulin-Rouge, dans l'odeur chaude des pralines et des gaz d'échappement. Passé le square Berlioz, l'agitation se dissipait et ne restait, rue de Vintimille, que l'éclairage faiblard et silencieux des rues sans histoires du neuvième arrondissement.

Dès qu'il franchit la porte de son appartement, il sut qu'il s'était passé quelque chose. On l'attendait. Assis sur le canapé, Sid et Dan se tenaient à bonne distance l'un de l'autre, les yeux rivés sur leur téléphone. Autant cela relevait chez son frère d'une position quasi naturelle, d'un état de base, autant, pour Sid, le fait était inhabituel. Une petite boîte en carton trônait au centre de la table, à demi ouverte.

Sid brisa le silence gêné qui s'était installé :

– J'ai ouvert ce truc sans faire attention. C'était un colis pour ton frère.

Elle se tourna vers Dan. Il avait posé son téléphone mais ne voyait pas, à l'évidence, ce qu'il était censé dire ou faire. Antoine ne lisait, sur le visage de son frère, qu'un étonnement amusé, qui ne collait absolument pas avec l'expression soucieuse et presque inquiète de Sid. Elle poursuivit :

– C'est une caméra pour la cage d'escalier.

– Mais non ! C'est un détecteur de fumée avec caméra intégrée ! Personne ne peut se douter, regarde…

Dan extirpa du carton un petit disque blanc à voyant lumineux. Antoine ne comprenait toujours pas. Il interrogea Sid du regard, mais elle botta en touche.

– Qu'est-ce que tu vas faire avec ça ?

– Enregistrer ce qui se passe. Le système est équipé d'un capteur de mouvements, pas besoin de filmer des heures. On va vite savoir !

L'air tout content du gosse qui a trouvé l'astuce.

– Savoir quoi ?

– Mais qui vous prend le journal ! Tout arrive en direct sur une appli. Aussi simple que ça, tu vois.

Oui, à présent, Antoine voyait. Là, juste devant lui. Ça ne pouvait plus continuer.

Sid prétexta une course et sortit.

Antoine laissa Dan déballer son matériel et fila vers la cuisine. Vite, s'occuper les mains, calmer l'émotion qui déferlait – *Il ressentait une sorte de mal de mer. Il se croyait sur un bateau en pleine houle, il lui semblait qu'une eau furieuse…* Et dans sa tête se mirent à défiler toutes les sorties de route de son frère, carnaval grotesque d'obsessions de moins en moins drôles, de plus en plus embarrassantes. Des semaines qu'il les enchaînait : sa manie de regarder jusqu'à l'épuisement des vidéos absurdes, le Brexit, les satellites à lanceur récupérable, les effondrements de terrain, les flux maritimes des métaux dans le Pacifique sud… Un délire après l'autre, et YouTube comme assommoir.

Les doigts rougis par le sel des pistaches, Antoine luttait. Contre l'envie d'attraper son manteau et de rejoindre Sid, contre celle, plus forte encore, de retourner à côté comme si de rien n'était, contre l'évidence insupportable qui avait pris forme depuis des semaines, maintenant, sur le canapé du salon : son frère lui faisait pitié. Il préférait mille fois le connard de la City, l'élégant biberonné aux illusions d'un monde *contactless* où même l'échec était une aubaine pour rebondir. Au moins pouvait-il le détester, celui-là, le mépriser, n'y voir qu'un égarement, une erreur d'aiguillage. Au moins restait-il son grand frère, Daniel, et pas ce petit chose pathétique dérivant sur un canapé de fortune.

Antoine n'avait plus rien à décortiquer. Il se leva et, deux bières à la main, franchit la porte du salon.

– Ça fait vraiment détecteur de fumée, tu sais !

Ça n'allait pas être simple…

Sublimation

Antoine se doutait que ce n'était pas l'idée du siècle, mais il avait, comme on dit, saisi l'occasion.

« *Détendez-vous, passez un moment avec votre famille*, avait écrit son directeur de recherche, dans son dernier mail, la veille au soir. *La soutenance restera un moment unique de votre vie, faites-en profiter vos proches.* »

Il aurait pu passer toute la journée chez lui, allongé nu à côté de Sid. Ils auraient bu beaucoup trop de café, inventé des surnoms graveleux aux membres du jury, répété les grandes lignes de sa présentation, rêvé des collines de Séoul qu'elle allait bientôt lui faire découvrir, quand tout ça serait fini. Mais il ne s'en était pas senti capable : tout lui dictait de sortir, de respirer, de penser à autre chose. De fuir, surtout, l'appartement que Dan avait quitté, ne laissant derrière lui qu'une réserve de pesto et de questions sans réponses.

L'exposition qu'il avait choisie était consternante. Il s'était pourtant dit qu'ils rigoleraient un peu (le flyer parlait de « bio-performance aux sources de l'art ultracontemporain »), mais les installations se succédaient, absurdes et misérables. Les escargots l'avaient achevé, les voir péniblement tracer leurs arabesques de bave, une petite diode fixée sur la coquille, tout ça pour se cogner contre des haut-parleurs énormes… Il en aurait presque chialé. Sid avait bien essayé de le faire sourire, à la sortie, la plaquette à la main. Mais même « la sédimentation du temps passé, présent et à venir à travers les déjections des gastéropodes » n'avait été d'aucun secours. Elle n'avait pas insisté et lui avait payé une bière à la buvette.

– Tu me racontes ?

– Je te l'ai déjà dit, Sid. Il tenait des propos complètement incohérents. Déjà qu'il a fallu une heure pour le décoller de son délire de caméra… Il m'a reparlé de l'écureuil, celui qui s'était pris dans les rayons de son vélo. Ça n'avait aucun sens… Il m'a demandé, aussi, si tu t'étais déjà fait avorter.

– Hein ?

– Il pense qu'Audrey… quand ça a failli marcher pour eux… Il pense que ce n'était peut-être pas naturel.

– Je ne comprends pas. C'était une grossesse interrompue ?

– Il n'en sait rien ! Il a des soupçons, c'est tout, ça l'obsède… Évidemment, toute leur galère, là, avec la clinique : il se dit qu'ils auraient pu s'éviter ça…

– Qu'est-ce que c'est que ces conneries ?

Il était rare de voir Sid dans un tel état.

– Quel rapport entre un avortement supposé et leurs difficultés à avoir un enfant ?

Calme, Mastoc…

– Je ne sais pas ! Dan disait que ça dépendait des techniques, mais que…

Elle le coupa net :

– Il a trouvé ça tout seul ? Et pourquoi pas le cancer du sein, tant qu'on y est ? Une IVG n'entraîne aucune augmentation du risque d'infertilité, pas même de grossesse extra-utérine. Mais j'hallucine de parler de ça ! Tu sais très bien que ce n'est pas le problème.

– C'est-à-dire ?

– Sérieusement ? Rien ne te choque ?

Antoine ne savait pas quoi répondre. Sid ne paraissait plus vraiment en colère, elle avait l'air navrée.

– Qu'il n'en ait pas parlé à Audrey, par exemple ? Qu'il ne lui ait même pas posé la question ? En quatre ans ?

– Peut-être qu'elle n'aurait pas répondu ? Ou qu'elle aurait menti…

Pas besoin de croiser le regard de Sid pour s'apercevoir que c'était n'importe quoi. Pourtant il était sûr que c'était exactement ce que son frère s'était dit, et que c'était aussi ce que lui se serait dit dans la même situation. Probablement.

– Les scénarios réalistes, ça vous parle ? Qu'elle ait répondu, qu'elle ait dit la vérité : c'est inenvisageable, ça ?

– Mais si elle avait avoué…

– Avoué ?

– Enfin si elle avait *dit* qu'elle s'était fait avorter, tu imagines ?

– Mais si c'est la réalité ? Les choses existent, un point c'est tout ! Le silence ne les fait pas disparaître comme par magie ! C'est même pire. Regarde ton frère : tu crois que ça lui fait du bien de ne pas savoir, de ne pas se confronter aux choses ? D'éviter Audrey ? Mais regarde dans quel état il est !

Elle avait raison.

– Tu lui as dit qu'Audrey venait demain ?

– Non. Il ne répond pas au téléphone depuis qu'il est parti.

– Ça promet…

Elle attrapa la plaquette de l'exposition qui traînait sur la table.

– Il reste trois installations qu'on n'a pas vues : *Requiem off-line Paris/Conakry*, *Digital MAtriCE* et *Sublimation*.

– Je préfère encore une bière…

Antoine mit longtemps à s'endormir, cette nuit-là.

Soutenir

Le jour de sa soutenance, Antoine se réveilla en sursaut, s'apercevant qu'il n'avait rien pour couper le pied des huîtres. Rien, pas un seul outil.

Le rêve dans son ensemble ne lui revint que plus tard, au milieu des Tuileries, devant la grande statue de Thésée et le Minotaure. Sid et lui s'étaient arrêtés là, le temps de vérifier, une fois de plus, l'état du trafic du RER C.

– J'ai rêvé que je me déshabillais devant le jury… comme ça. Je voulais ouvrir des huîtres et impossible de mettre la main sur un couteau, et là, d'un coup, je me tenais dans la salle, sans rien, sans portable. Tout le monde attendait, et je me mettais à poil pour retrouver le couteau. Mon directeur de recherche tentait de m'aider, mais c'était trop tard…

– Trop tard pour quoi ?

– Pour ouvrir les huîtres, j'imagine… Ou pour la soutenance…

– Tu connais l'histoire de saint François ? D'Assise. Celui des pauvres. Son père était pété de fric, il vendait des tissus et ça le rendait dingue de voir son fils dépanner les clodos, les putes et tous les bras cassés du coin. Alors un jour, il décide de porter plainte, carrément. Histoire que François renonce à l'héritage au lieu de tout filer aux œuvres. Ça ne te dit rien du tout, cette histoire ? Tu n'as jamais vu de tableau là-dessus ? Parce que lui aussi se met à poil.

– Quoi ?

– À son procès. Il enlève ses vêtements, ceux fabriqués par son père, un par un, et il termine nu comme un ver. Pas très longtemps, l'évêque lui tend tout de suite son manteau. Mais le message est assez clair, non ?

Le RER passait tous les quarts d'heure. Ils avaient pris leur temps, traversé à pied la moitié de Paris au soleil, sous un ciel limpide. Oubliées l'averse de la veille, et la déprime livrée avec. Antoine ne parvenait pas à y croire : il y était, le jour de sa soutenance était arrivé. Il avait demandé son lundi, prévenu ses élèves (*750 pages ! Vous êtes un gros ouf, monsieur !*), arrangé la logistique de l'après-midi et vérifié vingt fois le site de la RATP.

En six ans, c'était la première fois qu'il effectuait le trajet avec quelqu'un, et ça lui faisait plaisir que ce soit avec Sid. Il était heureux de partager ce paysage vu cent fois : les collines de Meudon, le tunnel de Viroflay, le grand bassin de Versailles, les graffitis de Saint-Cyr. La rame était quasi déserte, comme d'habitude, pourtant ils se taisaient et Antoine appréciait que Sid n'essaie pas de lui changer les idées, qu'elle prenne son silence tel quel, sans s'en inquiéter, sans chercher à faire autre chose que regarder par la fenêtre. Il allait parler et écouter toute la journée, la soutenance elle-même durerait au moins cinq heures, puis le pot, la soirée à La Fresque…

Ils descendirent au terminus. Le bleu de Rosnay-en-Yvelines était le même que celui de Paris, plus clair encore peut-être. La température avait chuté de deux ou trois degrés et un vent désagréable s'engouffrait sous les arches de béton qui bordaient le parvis. La gare, comme le reste de la ville, jouait à fond la carte *architecture nouvelle*, entre délire futuriste et symétrie fasciste, avec un côté dolce vita qui tombait totalement à plat – en plein été, peut-être, mais là, en décembre, l'enchaînement portiques-colonnades-fontaines donnait plus dans le mausolée glacé que dans le trip fellinien postmoderne. Les militaires en patrouille n'aidaient pas, non plus.

Le trajet jusqu'à l'université n'était pas long, quinze minutes de marche à tout casser. Les parents d'Antoine attendaient à mi-chemin, au Bistro de la presse. Il avait refusé qu'ils le conduisent en voiture, préférant de loin être avec Sid, malgré le froid, malgré le barda. L'état dans lequel il les avait trouvés l'avant-veille ne le rassurait pas : il ne doutait ni de leurs angoisses ni de leur capacité à les transmettre. Ça commençait bien, d'ailleurs, vu le message qu'ils venaient d'envoyer :

Café fermé.
On vous attend au japonais à côté.
Daniel est avec nous.

La gestion de l'imprévu n'était pas le fort de la famille Thérieux.

L'artère commerçante faisait son possible pour garder intact l'esprit de Noël, mais la plupart des magasins avaient baissé le rideau et les équipes d'entretien se hâtaient de réparer les vitrines brisées. Les petits chalets en simili-bois avaient eux aussi bouclé leur volet, exception faite du stand de cidre chaud et du vendeur de lampes à lave. L'odeur de la pomme rance, la débauche de guirlandes et les enceintes planquées dans les sapins (*Laaaast Christmas, I gave you my heaaaart*) peinaient à maintenir l'illusion. Ça avait saigné dur, le samedi précédent : l'usine du père Noël avait pris cher, la faute aux lutins jaunes qui avaient dû forcer sur les bretzels. Les journaux télévisés se concentraient sur Paris, Toulouse, Lyon et les métropoles de l'Ouest, mais la colère était partout, des champs de betteraves aux kebabs de la zone 5.

Le Nagasaki, lui, semblait imperturbable, tout comme la vieille Japonaise qui leur servit un plateau de cafés allongés. Ils étaient les seuls clients, évidemment, à même pas midi. Mais Dan s'était commandé un immense bateau de sushis, placé au centre de la table.

Antoine écoutait ses parents d'une oreille distraite. Le calme et l'harmonie de la matinée l'avaient quitté, avec ce sentiment croissant que quelque chose clochait, que ça ne collait pas. Le poisson cru et le café, le silence de Dan et l'incessant bavardage de sa mère, les images de BFM sur la télé au fond de la salle, l'absurde ciré moutarde de son père (clin d'œil au temps où il aimait leur coller la honte devant la grille du collège), l'aquarium démesuré près du comptoir et la soutenance dont le compte à rebours avait commencé : rien de tout cela n'avait de sens, comme un puzzle dépareillé. Faisait-il une sorte de malaise ? Un choc pré-traumatique ? Était-ce cela qu'avait ressenti Joseph K. quand on était venu le tirer de son lit ?

On avait sûrement calomnié Antoine T., car, sans avoir rien fait de mal, il fut arrêté un matin…

Le roll-on relaxant était une très mauvaise idée. La promesse était pourtant tentante (« Libérez vos tensions en apaisant les sensations de nervosité et de lassitude morale »), mais la réalité était que ça sentait surtout le produit pour chiottes. Antoine en avait abusé, il s'en était peinturluré les tempes, la racine des cheveux, le cou, le creux des poignets, un vrai Mohican avant la bataille. Il avait l'impression d'empester à dix mètres, ça allait incommoder tout le monde, peut-être même indisposer le jury. Il les voyait déjà sortir les uns après les autres, nauséeux et soûlés, à implorer une pause. *Pitié !*

Et Dan qui descendait tranquillement son bateau de sushis.

Les toilettes du restaurant étaient immaculées, comme si le monde s'était mis au diapason de l'odeur d'Antoine, un monde Canard WC, définitivement hostile, aseptisé et sans surprise. Antoine trônait là, barricadé à double tour, tétanisé par le froid et la contemplation du mont Fuji qui disparaissait derrière des branches de cerisier. Sur la messagerie de son téléphone, l'univers poursuivait sa course, indifférent : le conseil de classe des seconde 6, l'enregistrement du vol sur Korean Airlines, la date limite pour l'envoi de son dossier *ANTARÈS*. Entre le monde et lui, trois centimètres de contreplaqué, un mauvais verrou et le sommet enneigé du Fuji San.

Et Sid. Qui venait d'entrer.

– Ça caille, ici…

Il l'entendit fermer la petite fenêtre. Elle n'avait rien à faire dans les toilettes pour hommes. Elle était là pour lui, bien sûr.

– Ton père est en forme ! Il vient de raconter l'histoire de son bac, en 1968, avec Michel Delpech de l'autre côté du…

– Arrête.

Silence de Sid. Pourquoi ne pouvait-elle pas faire comme tout le monde ? Mais non. Insister, meubler et maquiller le malaise, parler, parler, parler. Il aurait pu s'énerver, s'exciter, retourner la partie et lui en vouloir, à elle, à tous, pour tout, pour être là à l'encourager, à le réconforter comme un gamin, pour être là tout court. Au lieu de quoi, il relança. Un bon gros chiffon rouge.

– Je ne sais pas si j'ai envie de tout ça, Sid.

Mais elle se taisait. C'était même difficile de dire si elle était encore là ou déjà repartie. Il n'entendait ni sa respiration ni aucun mouvement de sa part. Comment arrivait-elle à faire ça ? Et pourquoi, lui, n'y parvenait-il pas ? S'échapper, s'éclipser, l'air de rien… Tout le monde s'y mettait : pourquoi pas lui ? Où était Blob, à présent ? Évaporé, comme son frère. Volatilisé. Et pourquoi ne pouvait-il pas la jouer, lui, cette putain de carte blanche, son droit à la furtivité ? *Salut les gars, je me casse !* Et sans laisser de traces, et sans rendre de comptes. Mais le train était en marche, lancé pleine balle, impossible de s'arrêter, encore moins de sauter. Minable, il se sentait minable sur son abattant de toilettes, à provoquer un conflit qui ne venait pas, pendant qu'on l'attendait autour d'un aquarium géant.

– On y va, saint François ?

Elle devait être télépathe.

Il tira la chasse d'eau, histoire de se donner un peu de contenance, et jeta un dernier regard aux neiges du bout du monde. Il déverrouilla la porte. Noyée dans le fracas du séchoir, il entendit la voix de Sid :

– Et puis, c'est quoi, « tout ça » ?

L'échappée belle

11 h 46.

L'absence d'Antoine n'avait duré que quelques minutes. Personne à part Sid ne semblait avoir noté quoi que ce soit.

Après les sushis, Dan attaquait des brochettes, absorbé par l'écran de télévision qui diffusait en boucle les images du week-end. On manifestait depuis un mois déjà, mais il avait l'air de le découvrir. Il n'avait pas dû paramétrer les bonnes alertes sur son téléphone. Leur mère s'était lancée dans la descente en règle du gouvernement, leur père hochait vigoureusement la tête – *arrogants*, *déconnectés*, *pedzouilles technos* (avec un peu de vin, le soir : *petits péteux d'HEC*). Antoine les écoutait, perplexe : avaient-ils conscience de tirer à boulets rouges sur Dan, de cartonner point par point son existence, ses valeurs, ses croyances ? Entre les yakitoris de poulet et la conférence de presse de l'Intérieur, son frère avait l'air de se foutre complètement de la démolition parentale.

Ça ne le concernait pas, après tout, comme à peu près tout ce qui l'entourait.

Antoine avait repris sa place, marié retournant dans l'arène après une attaque de panique, mauvaise romcom à la Cameron Diaz avec champagne et chouquettes au générique de fin. Il mesurait les efforts de ses parents pour parler d'autre chose, simuler la normalité, éviter de le questionner sur la soutenance, et qui, et quoi, et combien de temps, et fallait-il apprendre l'introduction par cœur, ou bien la lire, ou la livrer au naturel, comme une boîte de thon ? L'intendance, aussi : clés de salles, exemplaires, percolateur, annexes, bouteilles d'eau, stylos, A4 flambant neufs, chaises de l'auditorium, câbles, rallonge…

– Le projecteur…

La voix d'Antoine était blanche, à peine un murmure. Tous pourtant l'avaient entendue.

– J'ai oublié le vidéoprojecteur !

Il ne vit pas, heureusement, le mistigri paniqué qui bondit par-dessus les ruines du plateau de sushis : de Sid à Dan, de son père à sa mère, rebouclant vers son frère et repartant vers Sid, dans tous les regards, toutes les combinaisons possibles en une fraction de seconde.

Il répéta, d'une voix plus forte :

– Je n'ai pas réservé le vidéoprojecteur.

– Tu peux le faire maintenant ?

Son père regarda l'heure.

– Il est midi moins dix. Ça te laisse du temps, avant treize heures.

– Le secrétariat est fermé, entre midi et deux !

– On a dix minutes.

– Non ! Ils sont à l'autre bout de la fac, près du…

– Appelle-les !

– Ça ne sert à rien ! Ils ne répondent jamais !

Antoine hurlait. La vieille Japonaise stoppa le monte-charge, faisant trembler la poubelle qui libéra un rot aigre de poisson mariné.

– Essaie tout de même.

Antoine composa le numéro. Rien. Rien que l'enregistrement automatique déroulant les horaires d'ouverture et les dates de l'intersemestre.

– Il y a un Darty à côté.

Son frère et son téléphone : son sauveur, son héros, l'homme qui valait trois milliards, celui qui venait à bout de tout, une fois de plus. *Il n'y a pas de problèmes, Antoine, il n'y a que des solutions.* Un Darty.

– Ça me semble compromis, non ?

Sid regardait par la grande baie vitrée. L'enseigne se trouvait juste en face, rideau rabattu sur un décor neigeux de centrifugeuses et de machines à café rouge et or. *Fermeture exceptionnelle – Réouverture mardi 16 décembre.*

– Et le projecteur qu'on t'avait offert, avec papa ?

– Qu'est-ce que tu veux que j'en fasse ? Il est chez moi ! On n'aura jamais le temps de faire l'aller-retour !

– Tu comptais projeter quoi ?

– Mes annexes, les poursuites, les procès-verbaux, mes conclusions, tout !

– Tu les as sur papier ?

– Non ! Enfin, si, mais… J'ai besoin d'un vidéoprojecteur ! C'est une soutenance, il faut un vidéoprojecteur !

– Mais tu n'en as pas.

Le calme de son frère le rendait dingue. Le coup du Darty avait été sa dernière chance, il n'avait qu'à la fermer, maintenant.

Sid proposa :

– On peut essayer Audrey. Elle trouvera peut-être quelqu'un au secrétariat ? Il est moins cinq…

Audrey.

– De quoi tu parles ? De quoi elle parle, là ? C'est quoi, cette histoire, Antoine ?

Sid lança un regard à Antoine mais il composait déjà le numéro.

Dan répéta :

– De quoi vous parlez ? Audrey est là ?

Antoine eut à peine le temps d'entendre la voix à l'autre bout de la ligne : son frère s'était rué sur lui, avait arraché le téléphone et bondi vers le comptoir. Avant que qui que ce soit ait pu tenter ou même penser quelque chose, il l'avait fait. Il l'avait balancé. Dans l'aquarium.

L'appareil roula en pente douce jusqu'au petit pont médiéval où l'attendaient, impassibles, deux poissons rose fuchsia. Quelques bulles d'air et ce fut tout.

Un air glacé fendit la salle.

– Daniel !

Le cri de sa mère remit le monde en marche. Antoine s'avança.

– T'es malade, ou quoi ?!

Il allait le frapper, il allait lui défoncer la gueule.

– Les garçons ! Calmez-vous !

– Que *moi*, je me calme ? Il vient de torpiller mon téléphone ! Ma présentation, mes notes ! Je fais quoi, moi, maintenant ? Hein ? Mais… personne ne réagit, là ?

– Tu n'as pas fait de sauvegarde ? Antoine, je t'avais dit de…

Il l'aurait tuée.

– Mais j'hallucine ! Il a jeté mon téléphone dans un aquarium !

Il sentit la main de Sid lui presser doucement le bas du dos.

– Je l'ai, ta présentation. Sur ma boîte mail… J'appelle Audrey.

– Lâche ce téléphone, Sid !

Il était là, à présent, devant eux, le tueur d'écureuil, l'étrangleur de fin de soirée, le détective de la rue Morgue. Son regard ne lui appartenait plus, habité par quelque chose qui avait pris toute la place : un bloc de rage, de peur, d'incompréhension.

– Personne n'appelle Audrey ! Donne-moi ton téléphone.

– Non.

– Il y a un problème avec Audrey ?

– Tais-toi, maman !

– Sid, donne-moi ton téléphone.

– Non.

Dan s'avança vers l'entrée du restaurant. Sur la place, la vieille Japonaise venait de sortir la dernière poubelle. Sans la regarder, ni elle ni personne, il referma la porte laissée ouverte, la verrouilla et retira la clé. La vieille l'avait vu. Elle se précipita, mais il lui tournait déjà le dos. Quand elle tambourina à la vitre, enfermée dehors, s'époumonant, il était revenu vers eux.

– Personne ne sort tant que je ne suis pas certain qu'on n'appellera pas Audrey.

Sa voix avait légèrement tremblé sur *certain*, mais, à part ça, on aurait pu croire qu'il commandait un supplément de sauce soja. Calme et dément. Rationnel, aurait-il dit.

– C'est bon, c'est bon, je ne l'appelle pas. Mais là, Dan, il faut que tu t'arrêtes… Assieds-toi, d'accord ? Je ne l'appelle pas.

– Mais comment peux-tu rester aussi calme, Sid ! Regarde-le ! Il est en train de nous… séquestrer ! Je suis le seul à halluciner ? Papa !

Son père s'était rapproché de la vitre, adressant des moulinets désolés à la vieille Japonaise qui continuait à crier en cognant à la porte. Un attroupement s'était formé.

– Maman, passe-moi ton téléphone !

Sa mère regarda Antoine d'un air confus, au bord des larmes. Elle esquissa un mouvement en direction de son sac, puis se ravisa.

– Maman ! Tu ne vas pas rentrer là-dedans !

– Antoine, essaie de te calmer, toi aussi.

– Mais on est où, là ? Passe-moi ton téléphone !

– Maman !

Dan la fusilla du regard. Sa main se déplaça légèrement. Antoine aperçut son mouvement et hurla :

– Il va la bouffer ! Il va bouffer la clé !

C'était lui, maintenant, qu'on regardait. Il lut avec horreur la stupéfaction dans leurs yeux à tous, ceux de Sid aussi. Son impuissance le submergeait, comme dans un mauvais rêve, le réel se grippait et marchait à rebours. Étaient-ils tous devenus fous ? Ou était-ce lui ?

– Tu es dingue ! Je ne vais pas manger la clé !

– C'est ça, oui ! Comme si tu n'en étais pas capable ! C'est moi, peut-être, qui saute à la gorge des gens ? Qui traque tout mon immeuble avec une caméra ? C'est moi qui disparais du jour au lendemain ? C'est ça ? C'est moi, le taré ?

– Qu'est-ce que c'est que cette histoire de caméra, Daniel ?

– Il voulait poser une caméra dans ma cage d'escalier ! Un mois ! Il a passé un mois à noter les allées et venues des voisins !

– Mais… tu habites chez Antoine ? Tu vis à Paris ?

– Pose la clé !

Antoine répéta :

– Vas-y, pose la clé ! Si tu ne comptais pas la bouffer, pose-la ! Sur la table, là.

Son frère s'exécuta aussitôt. Il sembla vouloir ajouter quelque chose, puis renonça. D'un seul coup, il s'était dégonflé : tombé sur une chaise, le dos voûté, et rendu à lui-même. Son aplomb, sa brutalité avaient disparu, sans laisser de traces.

– Je crois qu'il y a un problème, dehors.

Antoine se tourna vers son père, toujours posté à la vitre de l'entrée. C'était un vrai rassemblement, à présent : des dizaines de personnes entouraient la vieille, dont les cris ne faiblissaient pas, portables braqués sur le restaurant. Trois militaires les avaient rejoints, l'un d'eux parlait dans un talkie-walkie, tandis que les autres tentaient de disperser la foule, de plus en plus compacte.

– Regardez !

Sid monta le volume de la télévision. L'image tremblait un peu mais on distinguait nettement la devanture du Bistro de la presse et la grande baie vitrée du Nagasaki.

– C'est nous !

– Qu'est-ce que…

Un grondement sur la place. La gendarmerie mobile était là : camionnette bleue à bandeau rouge et blanc, garée à une trentaine de mètres.

– C'est pas vrai…

En bas de l'écran, le monde se détraquait en direct :

12 h 13 – Débordements à Rosnay-en-Yvelines –
Un restaurant occupé par un groupe non identifié.

12 h 13 – Gilets jaunes – Débordements
à Rosnay-en-Yvelines –
Un restaurant japonais occupé.

12 h 14 – Gilets jaunes – Rosnay-en-Yvelines –
Un restaurant japonais occupé
– Les forces de l'ordre mobilisées.

– Mais ils sont dingues ou quoi ?!

– Gilles…

– Enlève ton ciré, papa.

– Quoi ?

– Enlève ton ciré, je te dis !

Antoine le vit, sur l'écran, se délester de l'absurde pelure jaune. Le zoom fut immédiat, un peu flou, on distinguait à peine le visage de son père derrière les plantes grasses de la vitrine. Il guetta le bandeau. Mais non, ça s'obstinait :

12 h 15 – Gilets jaunes – Rosnay-en-Yvelines –
Un restaurant japonais occupé
– Les forces de l'ordre mobilisées.

– Qu'est-ce qu'on fait ?

– On sort !

– Quoi ?

– Qu'est-ce que tu veux qu'on fasse ? On ne risque rien, on ne va pas se faire tirer dessus !

Une décharge ébranla le restaurant. Une fusée rouge.

– C'est quoi, ce bordel ?

– Gilles…

– Du calme ! Tout le monde se calme, d'accord ? C'est une première sommation. Ils suivent un protocole, c'est tout.

– Il faut qu'on sorte, Sid ! Qu'on s'explique…

– Oui.

– Quoi, oui ?

Il n'aimait pas le ton de sa voix.

– Oui, on va sortir. Mais, adieu ta soutenance : ils vont nous garder toute la journée, peut-être plus. Ils prennent ça au sérieux, visiblement…

Antoine était incapable de réfléchir. Sa soutenance lui paraissait à des années-lumière. Que se passait-il en cas d'absence ? Et si le jury apprenait qu'il était là, que c'était lui, dans le restaurant ? Avec sa famille de dégénérés ?

– Antoine, il y a une fenêtre dans les toilettes. Tu l'as vue tout à l'heure ?

Fidèle au poste derrière la vitre, son père ne s'était pas retourné, mais sa voix était claire, puissante. Plus puissante que le radotage insensé de l'écran plat.

Son père répéta :

– Tu l'as vue ?

– Oui.

– Donne-lui ton téléphone, Sid. Ramasse ton sac, Antoine. Recule doucement vers les toilettes. Une fois que tu y es, tu sors. Tu devrais pouvoir passer.

– Mais… c'est n'importe quoi, papa !

– Tu y vas, Antoine ! Tout de suite ! Sid, ton téléphone…

– La fenêtre est trop haute ! Comment veux-tu que je sorte par là ? Ça ne marchera jamais, si ça se trouve c'est bourré de flics, derrière !

– Daniel, tu vas avec lui. Tu l'aides, tu le portes : tu fais comme tu veux, mais tu le sors de là.

Pas de réponse.

– Tu le fais sortir ! C'est compris ?

– Oui.

– Gilles…

– Nous, on attend là. Et quand Daniel revient, on sort.

Le Dongji

– Vérification de la porte opposée.

Veste crème sur jupe poudrée, l'hôtesse ressemblait terriblement à la rousse des *Demoiselles de Rochefort*. Même nœud dans les cheveux, même grâce : elle aurait exécuté une petite pirouette ou sorti sa trompette, personne n'y aurait trouvé à redire.

Après le délire de l'aéroport, transformé à l'approche de Noël en Disneyland géant, Antoine savourait le silence capitonné de l'A330-300 à destination de Séoul. Il n'avait presque rien emporté. Il serait de retour cinq jours plus tard pour le réveillon, prévu en Bretagne cette année-là – un plan était un plan chez les Thérieux, le maelström de la soutenance n'avait pas tout emporté.

Sid était partie deux jours plus tôt. Antoine n'avait pas voulu manquer le pot du lycée, il n'avait pas été déçu : travailler en zone sinistrée dopait clairement l'ambiance, avec un taux d'alcoolémie proportionnel à la débâcle quotidienne, une sorte de dépressurisation, pour parler comme l'hôtesse au chic extrême-oriental. La soirée avait été un grand cru, un des meilleurs sans doute. Certains s'étaient même déguisés, le coordo de l'association Réussir Aujourd'hui avait cassé la baraque avec ses bottes de chantier explosives trafiquées avec les becs Bunsen des vieux labos.

– Tirez le masque vers vous pour libérer l'oxygène.

Antoine repensa à sa soutenance. Une semaine s'était écoulée, qui lui semblait des siècles, à douter même de la réalité de cette journée. Il l'avait donc dénouée, finalement, cette pelote inextricable ; il l'avait soutenue, comme ils disaient. Docteur Thérieux. Presque comme dans *La Peste*.

Le jury avait été impressionné par la sobriété de l'assistance : une bombe d'un mètre quatre-vingts, tirée à quatre épingles, aucun parent, pas d'amis, une sorte d'austérité zen, limite janséniste, qui tranchait bien avec le sujet. Ça leur avait cloué le bec. Pas un mot sur les coulisses de l'histoire, évidemment, et Antoine avait savouré ce tête-à-dos avec Audrey, tandis que Sid et sa famille se faisaient embarquer au commissariat sous le regard avide de YouTube et de dizaines de journaleux.

Dès l'air frais de la lucarne, dans les toilettes du japonais, Antoine s'en était senti capable. Écraser les mains de son frère lui avait fait du bien, aussi : pas besoin de s'appesantir sur la métaphore, ils s'étaient suffisamment fait la courte échelle dans leur enfance pour en connaître les finesses.

– Si vous voyagez avec un enfant ou une personne ayant besoin d'assistance, mettez votre masque en premier puis aidez l'autre personne à ajuster le sien.

Antoine avait-il jamais aidé son frère en l'accueillant chez lui ? Il savait qu'Audrey et lui s'étaient parlé au lendemain de la soutenance. Il savait également que Dan avait rendu sa chambre d'hôtel et probablement quitté Paris. Pour de nouveau disparaître ? Ou débarquerait-il par le dernier bateau, le 24 décembre, les bras chargés de homards hors de prix ? Et est-ce que lui avait accepté l'aide de Dan quand elle était venue : l'argent pour la voiture, l'index de la thèse, le pesto au long cours, et ses paumes labourées au fond du Nagasaki ?

– Vous désirez un peu de sucre ?

L'hôtesse parlait comme dans un film de Jacques Demy. Diction parfaite, douce musique de l'octosyllabe : le réel en mieux. Pour un peu, Antoine aurait sucré son café. Les effets de l'altitude s'installaient tranquillement, avec une pesanteur nouvelle, un relâchement de tous les nerfs. Les vodkas de l'aéroport aidaient bien, aussi : la Korean avait beau être l'une des compagnies les plus sûres du monde, un avion restait un avion, une hérésie physique.

Antoine commençait à regretter d'avoir emporté si peu de choses. Pas de magazines, aucun bouquin, juste le guide de la Corée et le dossier de sa candidature ANTARÈS, qu'il posterait dès son arrivée à Séoul. Il n'avait pas encore trouvé la force de rédiger son « Application », seul document qu'on exigeait écrit de la main du candidat, étrange coquetterie qui n'était pas pour le rassurer. Les portes capitonnées de l'avion ne seraient pas de trop : il disposait d'une dizaine d'heures pour justifier de ses motivations à faire carrière dans l'enseignement supérieur et la recherche. En 300 mots maximum, ANTARÈS était intraitable.

L'avion filait vers l'est, superposant sa trajectoire à la rotation de la Terre. De très légères turbulences, presque imperceptibles, donnaient à Antoine l'impression de glisser, porté par une longue, une très longue vague, et le sentiment, enfin, de flotter dans le bon sens. Reboussolé.

Tout n'était pas réglé pourtant, loin de là. Le lycée demeurait un enfer de tôle boueuse, Dan une énigme irrésolue, ses parents des bronzes fendillés, écrasants et boiteux, porteurs d'une intrigue qu'il n'avait pas envie de démêler, pas encore, pas ainsi. Il s'en rendait compte à présent : à trente mille pieds du sol, loin de tout et de tous, il n'était au fond ni pire ni meilleur mais bien dans le même bateau qu'eux. Au carrousel de l'esquive, il l'attrapait, lui aussi, la queue du Mickey.

Il commanda une bouteille de soju. Après deux heures de vol, ça paraissait raisonnable : la moitié de l'avion s'abrutissait aux antidépresseurs, autant être de la fête. Sid avait marqué la page du guide à la section « Culture et Traditions » :

21 décembre – jour du Dongji : l'entrée dans l'hiver s'accompagne, en Corée, de multiples célébrations traditionnelles. Dans l'imaginaire populaire, le Dongji (solstice) a une double fonction, à la fois jour de la mort et promesse de résurrection du soleil.

Sid devait danser le 20 décembre devant deux mille personnes à la Seoul Foundation for Arts and Culture. Ils partiraient le lendemain, près de Kijong-dong, pour le solstice du Dongji, justement. Pourquoi l'avait-on invitée, cette fois ? Était-elle devenue une sorte de Zarathoustra local ?

Un temps très froid pour le Dongji est un excellent présage : la neige promet un printemps fécond, le gel des moissons abondantes. La nature se purifie, délestée des parasites, prête à plonger dans le grand engourdissement d'avant la reverdie.

Des poètes, ces routards…

Le Dongji signe également le retour à zéro et l'acquittement des dettes, réelles comme symboliques. Une manière de repartir à neuf pour une nouvelle année.

Antoine passa rapidement l'encadré sur la bouillie de haricots censée faire fuir les mauvais esprits. À sa gauche, un petit garçon s'était endormi, la tête posée sur l'épaule de sa mère, tandis qu'une bande de cochons braillards poursuivait sur sa tablette son destin multicolore.

Il n'avait pas envie de dormir. Il promena un doigt désœuvré sur le petit écran de bord : l'avion survolait les pays baltes, bientôt le pôle. La température extérieure était de moins 52 degrés. La plupart des passagers avaient sombré dans le sommeil. On avait éteint les plafonniers et une lueur bleutée baignait l'allée centrale. De rares spots éclairaient çà et là des regards mi-clos, des bouches abandonnées, des nuques relâchées. Il vérifia pour la dixième fois son sac : rien, pas même un vieux livre oublié. Il n'y avait que le dossier ANTARÈS, bien protégé dans sa pochette plastique, obèse d'annexes et d'attestations en tous genres. Il était là, son sésame, la dernière marche à gravir pour lancer, définitivement, sa grande carrière. Le jury s'était montré unanime après la soutenance : une trajectoire de premier ordre l'attendait, il avait exactement le profil qu'on recherchait. Antoine, lui, en doutait sérieusement, mais entre deux coupes de champagne et trois tapes dans le dos, il avait bien voulu se laisser convaincre. Il entendait encore son directeur de recherche (*Transformer l'essai, Antoine, il ne vous reste qu'à transformer l'essai !*). On exigeait 300 mots de sa main : on avait vu pire, comme pacte faustien.

Il repensa à cette journée de juin, six mois plus tôt : à sa gorge tordue par l'angoisse, à sa mère dans la voiture. Les choses n'étaient pas plus faciles à présent. L'aiguillage s'était même resserré, maintenant qu'Antoine avait réussi, qu'il avait soutenu. Pourquoi s'était-il imaginé que ce serait plus facile ensuite ? C'était tout le contraire : le train accélérait, il ne cesserait d'accélérer. Et à l'arrivée : rien. Rien que le tour suivant.

Ils étaient à mi-chemin. Sous ses pieds, la Russie déroulait ses plaines froides. Il aperçut l'hôtesse qui discutait un peu plus loin. C'était l'heure creuse. Il fouilla une dernière fois dans son sac. Pas même un stylo. Il en demanda un.

– Voici votre stylo, monsieur.

Encore huit syllabes ! Est-ce qu'elle le faisait exprès ? Peut-être que la Korean organisait des séminaires là-dessus ? *Introduction à la prosodie courtoise* ou *De l'usage de l'octosyllabe dans la gestion de l'angoisse du passager.*

Pas de papier vierge non plus. Il ouvrit le guide : aucun espace libre, ils avaient supprimé les feuillets de la fin, personne ne les utilisait, alors…

Restait le dossier ANTARÈS et son formulaire « Application », celui des 300 mots. Est-ce qu'il oserait ?

Il n'était pas fait pour vivre sur Antarès. Et puis, qu'est-ce qu'il irait bien foutre sur une étoile promise à l'explosion ? Sa main plongea dans le sac, ses doigts déshabillèrent l'épaisse liasse du dossier et saisirent la page blanche. La bille du stylo était grasse, l'écriture fluide comme il aimait. Il avait toujours détesté, de toute façon, compter ses mots.

Ou alors, y aller franco. Un bon octosyllabe…

Sur l'écran de bord, l'avion descendait lentement vers le nord de la Chine. La température au sol était de moins quatre degrés. Il neigeait sur Séoul.

REALISATION : NORD COMPO À VILLENEUVE-D'ASCQ
IMPRESSION : CPI-FRANCE
DÉPÔT LÉGAL : JANVIER 2021. N° 1697 (160724)
IMPRIMÉ EN FRANCE